中公文庫

わが文学 わが作法

文学修行三十年

水上　勉

中央公論新社

わが文学 わが作法　文学修行三十年

――前書きにかえて

一

　自分の書いたものが、はじめて活字になったのは、いつ頃だったたか、とふりかえってみると、昭和十五年、二十一歳で上京し、農民文学者の丸山義二氏の紹介で、早稲田大学の英文科にいた高橋二郎氏と会い、氏が編集していた同人雑誌「審判」に二十枚ぐらいの『喜劇』という短篇を書いたのが最初だったろうか。満州へ移住する農民一家が、敦賀の港によこづけされている移民船気比丸のタラップで何事かわめきながら、船へのりこむ風景を描いているのだが、なぜ『喜劇』と題したのか、わけがわからない。人から借りた考えがあったのだろう。作品も幼稚だから、思い出すのも不快で、忘れてしまいたいことにしているのだが、同人雑誌の処女作だから記憶からは消えない。

ところが最近、私がまだ若狭の生家で療養中だった頃の、昭和十四年九月号「月刊文章」を送って下さった方があって、それをみると、高見順氏の選による投稿欄があり、私の作品『日記抄』が選外佳作二位で掲載されていて、これが私の最初に活字になった文章であることがわかった。たった四枚かそこいらの小品なので、ここに再録させてもらう。

日記抄

福井　水上　務《原文ママ》

六月二十八日　晴

大学の友人から便りが来た。校正の仕事がなくなり、軽蔑してゐた例のE町の新聞配達をしてゐるとあるが、それに不似合な、上品な、チヱッカ模様の封筒で寄越してゐる。畜生！　又、嘘を吐きやがる。ひよつとすると美智子嬢とのよりが戻りさうなのかも知れんぞ。曰く、俺も此の頃君の様に胸が痛み出したと。チヱッ！

十時頃から発熱、八度五分。こは〳〵痰を吐いたが、八回とも血入なし。昨夜母の入れ換へて呉れた儘の枕で、二時まで眠つた。醒めてみたら、びつしより汗をかき、熱は下つてゐた。たま〳〵、隣部屋に紐にくゝられて籠に入つてゐる妹、火の出る様に泣き出すし、ギャーンギャーンと叫んでゐるが、母を呼んでゐるのだらう。フラと起き出て部屋へ入つて見ると、真裸で籠からずり落ちて、腹のあたりをくゝられた紐のゆるす範囲で、ぐる〳〵廻つてゐる。せまい小屋へ豚を飼つた様である。かあいちいゝように〳〵と母の様にして乳にむせた身体を抱き上げると、ヒク〳〵しやくり上げてゐたのが又泣き出した。二十分余りも泣き止まないので嫌になり、無理に籠へ入れて置いて、自分の蒲団に戻る。何時の間にか泣き止んだ。眠つたのだらう。静かな空気をひた〳〵と感ずると、妙に淋しくなつた。籠へ入つて泣いてゐた頃の自分を想像する。無力な父、愚かな弟、——母の苦労に感謝する。さうだ、もう母は四十五だつけ。口新しくつぶやいて見た。

四時頃、母が田圃から戻つて来た。風呂の湯加減を尋ねる様に「加減はえゝか?」と枕元に坐る。母の身体は泥臭い。「えらい今日は田圃終ひが早いなあ」と云ふと、遺骨迎へだといふ。

「田圃に立つとると真夏の様ぢや」と隣部屋から云つた。妹に乳を含ませてゐるらしい。妹を負つて、母は「行つてくるよ」と出て行く。はげたエプロンに国防婦人会の襷を掛けてゐた。

自分独りになると枕元へ原稿用紙を、煙管の頭で引きよせて、何か書かうと思ふ。まだ一度も出してゐない散文を「文章」へ書かうかと思ふ。だが、なか〳〵書けない。むづかしいことだ。しばらく眼をつむつてゐると、はしたない自惚が悲しくなつて来た。あゝもう止さう。ペンを投げた。

四時半、郵便局に勤務の弟が帰つて来た。金二十五円也で、高等科を出ると働いてゐる。家で一番の稼ぎ人である。一枚の葉書を渡してくれる。郵便局にゐるものだから、汽車から下りた逓送物をより分け、明日の配達の分だが、僕のだけは持つて帰つてくれる。向坂きよ氏からの葉書であつた。

親切な御批評有難う……とある。下手な批評にも感想にもならぬものを、未知の女性に送り、大変不良じみたことをしたと、少しばかり後悔する点もなくはなかつたが、返事が来て、なんとこなしに気が晴れる。もう一度向坂氏の『鯉』をよんで見る。蚊が出てくるのをはらひのけながら読む。

痩せた鯉への情、正しく女でないと書けない所である。こんな微細に亘る着点を……活字にした処を見れば何でもない様だが、原稿用紙に書き綴る時の困難を思ふ。僕だつたら絶対書かん、否、書けんのだ。ポンと本を投げ出して、しばし虚無の世界に入る。キリ〳〵左の胸が痛む。両手を胸の上に伏せて見た。向坂氏は年が幾つ位だらう。多分よく肥えた御方だらうと想像する。そんな間に、うと〳〵と眠りかけた。身体がガクリッと力を引き取られた様にダルイ。此の病気は夕方になると熱が上る。あゝ晩飯も食ひたくない。それより小便でもして来て蚊帳をつらう。

　書いていることと、記憶にあるこの当時の私の家の事情は同じである。乳籠《つご》にくくられているのは、いま調布にいる妹で、まだ赤ん坊だった。よく泣く子で、疱瘡がかぶれて痛いので、一日じゅう泣いていた。母は小作田へ出るので、妹の守りを肺病の私にたのんでゆくのだが、私は散歩へ出たい時は、母のいったとおりに、妹を紐でくくって、柱につなぎつけておいたのである。

　稚拙な文章にも、まぎれもない私がいて、ああ、こんな調子で、文学というものの魅力にとりつかれていったのだな、という思いはするのだ。

「月刊文章」は、当時厚生閣という本屋から出ていた、地方青年向けの投稿雑誌で、本欄には、太宰治の『美少女』、外村繁の『加代』などが掲載された記憶がある。第一次、第二次の芥川賞候補作家たちが寄稿していたと思う。後尾にある散文投稿欄で三回ぐらい当選すると、本欄に十枚の短篇が推薦された。向坂きよという金沢在住の女性が射止めて、『鯉』という短篇を、高見順氏の推挽で発表した。『日記抄』に出てくる「向坂さん」とはこの人のことで、私は向坂さんに『鯉』の感想文をおくり、向坂さんから返書をもらったのだろう。投稿青年が、同じ投稿仲間と文通したのも、この当時の、地方の文学青年のひそやかな楽しみであり、唯一の自由な気分だった。

さて、それでは、私はいつ頃から、そういう文章を書いてみようという気分が起きたのか。そこのところを思いかえしてみると、やはりこれは、京都の寺にいた頃のような気がする。

九歳半で田舎を出て、京都にゆき、十三歳のとき最初の瑞春院脱走があり、ついで天龍寺派の等持院にうつって、そこで中学を終えているから、芽生えというとおかしいが、小説というものの魅力を自分なりに知ったのは、やはり中学三年か四年生の頃だった。

二

等持院の、三角型をした切妻の庫裡の大屋根の北側にすずめ蜂の巣があった。魚のウロコみたいに木の皮で編まれた、ドッチボールの球ぐらいにふくらんだ大きな巣である。坪庭から四角い空間を仰いでいると、その巣が間近に見たくなった。まだ十五か六だった私は、つしの二階へあがった。そこは、師匠のご長男（その頃、龍谷大学生だった）の個室で、小僧たちは出入り禁止の部屋だった。禁制を侵して入ったのは、部屋の北側に三尺窓があって、そこから首だけ出せば、すずめ蜂の巣は二、三尺の間近だろうと思えたからだ。ところが、じつは部屋に入って、べつのものを見てしまった。ご長男が趣味で組立中のラジオが、部分品とともに、いっぱいちらかしてあった。その周囲は本棚になっていて、約百冊近い小説本が眼についたのである。蜂の巣よりも、私は、こっちの方に釘づけにされてしまった。岩波文庫が多かった。ピエル・ロチ『お菊さん』、ドーデー『風車小屋だより』、夏目漱石『吾輩は猫である』『三四郎』、倉田百三『出家とその弟子』『布施太子の入山』、あげてゆけばまだまだあって、ほかに改造社版の世界大衆文学全集の『家なき児』『シャアロック・ホウムズ』『ルパン』のカバーのとれたのや、新潮社版の世界文学全集、『モンテ・クリスト伯』『レ・ミゼラブル』などがぎっしり並んでいた。

この日から、私は無断で部屋に入りこみ、一、二時間、作務をさぼって、これらの本を片っ端から読みはじめた。『家なき児』がいちばん印象にのこったが、『モンテ・クリスト伯』の主人公エドモン・ダンテスの波瀾万丈の生涯に落涙し、『レ・ミゼラブル』のジャン・バルジャンに、生きる尊厳を嚙みしめた、といえば誇張になろうが、小説というものが、こんなに人を夢中にさせることに驚いたのは事実である。また、こういう物語をつくった人に関心が湧いたことも偽れない。

後年このご長男にお会いした折に、「あなたの蔵書の盗み読みがなければ、小説を書くような人間になっていなかったかもしれない」といったところ、「そうだったかなあ」といわれただけのことだったが。いまは但馬の楞厳寺の住職をしておられて、時に、手紙をもらう。手紙をもらうたび、あのすずめ蜂の巣のあった切妻屋根の三尺窓の光を盗んで本を読んだ屋根裏部屋をなつかしく思い出すのである。

『鳴門秘帖』（吉川英治）や、『砂絵呪縛』（土師清二）、『身代り紋三』（野村胡堂）、『夜もすがら検校』（長谷川伸）などを読んだのもその頃で、北野天神の市で、平凡社版の厚い現代大衆文学全集が、一冊五銭か十銭で買えた。縄でくって寺へもち帰ったのは、大衆文学ものばかりではなかった。円本時代だったから、改造社の現代日本文学全集、新選名作集などもたくさん出まわっていて、布表紙の普及版が安く買えた。谷崎潤一郎『痴人の愛』、前田河広一郎『三等船客』、片岡鉄兵『生ける人形』、ほかに宇野浩二集などが記憶にある。

寺を脱走して、いろいろな職業を転々としながら、立命館大学の文科に入ったのも、卒業すれば中学教員の免許がもらえるからで、何か文学への手がかりが、といった気持もあったことは確かだった。

また、等持院西町に、新しい等持院アパートが建って、そこの番地に住んでおられた人が「サンデー毎日」の懸賞小説に入選していたのもまばゆい存在であった。のちの井上靖氏である。記憶にまちがいなければ、井上氏の『紅荘の悪魔たち』が第一席で、第二席は高円寺文雄の『聖ゲオルギー勲章』だったと思う。「サンデー毎日」の懸賞小説入選作は千葉亀雄賞をもらえて、当時の文壇への登竜門だった。懸賞小説の発表は別冊でおこなわれ、それだけは買ったのである。こましゃくれた文学少年の頭の中には、大衆文学、純文学の区別もなく、ただ諸先輩の代表作の衝撃的な細密描写の部分のみがのこったのだった。宇野浩二の『蔵の中』の、主人公が蔵の中で着物の虫干しを手伝うあたりの不思議な世界は、何とも物がなしかった。また、泉鏡花『高野聖』の、蛭《ひる》のぽちぽち落ちてくる天生峠の山道の描写には、幼い日の若狭の原始林の山の神とがかさなって、身ぶるいするような快感がわき、その幻想世界にひきこまれた。

それと、『大菩薩峠』を全巻読んだのは、中学五年の時である。この年から宗門立中学にも文芸部が出来て、当時嵯峨鹿王院の小僧だった成績上位の芦田進が部長になって、毎週土曜日に限り本棚を開放して、図書を貸出した。その中に中里介山があった。部厚い布表紙の本だった。改行なしの地の文のひしめいた各ページは、いくらめくってもなかなか挿画が出てこない。興味深かったのは、机龍之助よりも、青梅の七兵衛と弁信法師の方だった。この法師はよくしゃべった。

たぶんその二巻目だったと思うが、歩きながら十ページぐらいをひとりでしゃべっていたのではなかったか。盲目の法師が、杖をついて歩きながらしゃべる内容は、いま思いだせないが、小説としては型破りに思えた。この長広舌に舌をまき、作者がいいたいことを、大衆小説といわれる大長篇の中に、すべて封じこめてゆく、大河のような筆力に感動したのである。

ざっとこのような読書経歴ののち、等持院をまた脱走してしまうと、こんどは生活に追われて、本を買う金もなく、転々と勤めをかえ、その間に立命館大学に入った。ここは国漢の中等教員養成所だったから、古典文学が主であった。現代小説はやはり、下宿へ帰ってから読むしかなかった。

この当時、人から借りた本に、阿部知二『冬の宿』『街』、横光利一『紋章』、坪田譲治『風の中の子供』などがあった。そのほかにこれといった記憶はない。満州へ渡って、奉天で肺病になり故郷へ戻ったが、「月刊文章」への投稿は、その二十歳のころである。『日記抄』はつまり、そういう憂鬱な一日の寸景のはずで、いま、古いこんな文章の裏側にさえ、ざあっと、こういった私の文学的過去がオーバーラップするのである。どこかで人から借りてきたことばをつかうくせも、よく知っている。この『日記抄』にも、それが顔を出している。

三

「文学修行三十年」という副題をつけるときに、心の隅に、宇野浩二先生の『文学の三十年』がうかんだのは事実である。ところが宇野先生も『文学の三十年』の前書きで、田山花袋の『東京の三十年』をもじって題名とする、とおっしゃっている。私もそのデンにならって『文学の三十年』としたかった。しかし、私は「修行」の二文字を入れたのである。自分の書いたものが、本当に文学になっているかどうか、そこらあたりのこともよくわかっていないし、わかっていることは「修行中」である。今日でもそのことだけは承知している。

考えてみると、私のように、大学で好きな文学を専攻できる境遇でなく、働かねばやってゆけなかった貧乏書生には、文学をやるための時間がなかった。読書も習作も、勤めを終えた夜だった。そのため、東京へ出ても、なるべく時間のとれる勤め先をえらんだのだが、最初に丸山義二氏を訪問して、丸山氏から、麴町にあった日本農林新聞社に紹介されて、そこで二年ばかり記者をした。この編集部に、細部孝二郎氏がおられ、氏の友人の堀田昇一、上野壮夫など、左翼の残党といってもよいグループの集りに接した。酒を呑んでおられる所へもつれてゆかれた。それが文士といわれる人を知った最初だった。

昭和十四、五年は、日本は中国侵略から、いよいよ南方への侵略をすすめ、満州にも関東軍がおり、そういう威を張った軍部の指示のもとで、文学者は報道班員となり、遠い南方やら、中国の辺地から、レポートを発表されていた。だから、銃後にいる文学青年の眼に入る現代文学は、みな御用文学である。

ところが、その中で、そういう御用文学の掲載される雑誌にも、そうでない「文学」はあった。井伏鱒二『多甚古村』、伊藤永之介『鶯』『鴉』などである。私は、この二氏の小説に魅せられて、当時、井伏氏の『鯉』『山椒魚』『屋根の上のサワン』などを、酒に溺れながらも読みふけったものだった。

伊藤氏の『鶯』には、あの改行のない談話体の妙味と、貧困な農民の生活事情と登場人物の心理の暗部を嗅いで満足した。丸山義二氏や和田伝氏にも、それがなかったとはいえない。「農民文学懇話会」というのがあって、氏らはここに集って、文学活動をされていたのであるが、いわゆる御用文学の力作よりも、時に発表される何気ない小品に、魅入られる作品があった。

寺にいた当時から、縄でくくって買ってきた大衆文学を読む一方で、改造社版の円本も読んだことは前述したが、円本では宇野浩二、葛西善蔵、近松秋江など、いわゆる暗い大正作家の私小説の世界が好きだった。宇野浩二氏の『蔵の中』『軍港行進曲』『苦の世界』などには、泣きわらいの人生に、書き手のにがい表情を見て戦慄した。また、葛西善蔵氏の『湖畔手記』では、女房を放り出して、恋人のおせいをつれて日光ゆきの夜、「秋ぐみの、紅きを噛めば、酸く渋く、タネあるもかなし、おせいもかなし」などという歌が出てくると、何といい気なものだなという思いと、また、べつに作家の業のようなものを感じて息をのんだのである。さらに近松秋江にいたっては、『黒髪』『霜凍る宵』『疑惑』など、京都女に紐でくくられたようにあしらわれてゆく東京男の、かなしい恋慕の情が身に沁みて、京都でくらした二十歳までに、見識った女性たちがうかび、それらの女性を裏側からのぞいた思いがして、これにも戦慄したのである。そうして、これらの作品は、かつて等持院にいて盗み読みしたすずめ蜂の下の部屋での文学への感想よりも、苦渋をおびたものとして、私を打ちのめした。こういう小説の醍醐味に魅了された自分に、誇張すれば、不幸を感じた。いまから思えば、たしかに不幸なことで、父親も兄弟も酒ぎらいなのに、私だけが酒呑みになったのも、ゆきずりの女性にすぐ惚れて、ごたごたと女の問題で苦しむようになったのも、読書の影響を無視できない。小説にかぶれて、その小説の主人公と似たような情況に己れを追いこんで、ひとり苦渋をなめて、満足し、吐息をついたのである。そうして、私は幸運なことに、快復していたはずの満州土産の結核が再発したのだった。そのため兵役からのがれられて、日夜酒にひたり、女にひたりする、ぐうたら生活に落ちこんでいった。

昭和十三年頃から十九年頃までは、そういうあけくれで、十九年に若狭に帰って代用教員をやったが、やがて思いもしなかった召集令がきて馬卒をつとめ、兵役解除後に敗戦を迎えた。ふたたび上京したが、その飢餓時代の彷徨でも、人からの借りた言葉を使い、自分のことばで小説をつむぐ糸口はまだつかめていなかった。『フライパンの歌』と『霧と影』が、私にとっては出発だったはずである。この両作とも単行本になる際に、宇野浩二先生の序文が頂戴できた。これはうれしかった。宇野先生との関係は、のちにふれるけれども、いつまでもうだつのあがらない私を激励する意味で、貴重な序文を頂戴できたと思うのだけれど、その貴重な序文に、私は今日こたえられたろうか。いまだに、かえりみて、その域に入っていない自分を感じて、心寒い。

「文学修行三十年」と、あえてこの文章に副題をつけた理由には、こうした思いがあって、まだ修行の身であることを意識しつつ、それではその三十年を、私は私なりにどんな迷い方で、小説を書きついできたか。自分で書いた小説に道を教えられたこともあった。そういう道の迷い方を書いてみたのが本書である。

以下に、直木賞を受賞の『雁の寺』から、川端文学賞を頂戴した『寺泊』まで、約三十年の私の歩いた、曲りくねった闇の道を、作品にふれながら書いてみた。これは、昭和五十一年六月から五十三年十一月にかけて中央公論社から刊行された私の全集の「あとがき」として書いた文章がもとになっている。

昭和五十七年九月

水上　勉

目次

わが文学　わが作法——文学修行三十年

「雁の寺」四部作

『雁の寺』を書いたのは、昭和三十六年の一月だった。富士見町の旅館聖富荘で第一部の大半をしあげ、結末の部分が書けなくて、街を放浪していたら、当時「文学界」の記者だった岡冨久子さんに追いかけられて、山の上ホテルにカンヅメにされ、一夜で完結させたものの、早書きの文章が気になったので、翌日から凸版印刷の校正室に詰めて、出来るだけの手入れをして、三月の「別冊文藝春秋」(七五号)に発表した。

私はこの作品までは、いわゆる推理小説とよばれる人殺しを材料とする小説を書いていたので、この時の「別冊文藝春秋」でも、長篇推理小説の依頼で書きはじめたのだったが、書いているうちに、和尚殺しの行為がイヤになってきた。つまり、街をうろついていたのは、何とかして殺人をしなくてすむふうに、この小説をしあげたい野心が起きたからだった。しかし、それでは商品にならない。雑誌の目次はすでに、長篇推理小説一挙掲載となっていたからである。この時、エンターテーメントの小説を書きながら、その主題である人殺しがきらいになった私の内面的な衝動は、もちろん、それまでにはなかったことで、小説を書く気持にたしかに変化が起きていたと思う。

そのことを私は、作品発表後、随筆風の文章でもらした記憶があるが、しかし、第一部を書いただけでは尻切れトンボという気もしていた。つまり、和尚を殺した小僧の行為に、私なりの責任をもって、それからの小僧の行方を追跡してみたいという気持も生じていたのである。『雁の村』『雁の森』『雁の死』は、当時「文学界」編集長だった小林米紀氏の依頼によったが、これらはやはり「別冊文藝春秋」に二年にわたって連載された。

『雁の寺』第一部は、その年の直木賞を頂戴した。時評家の多数の賞讃もうけ、単行本になると、それまでの私の著作のうちで、最高部数に達する売れ行きだった。正直にいって、私は、この作品で、どうやら一人前の作家にしてもらった気がした。

ところが『雁の村』『雁の森』『雁の死』は、蛇足の感があるという批評をうけた。第一部の賞讃が大きかったためもあるが、また、あと三部の荒書きが目立ったためもある。つまり、折角のいい材料を、作家自身で、バラ銭に化けさせてしまっているといわれれば、肯定せざるをえなかった。そのことは大きな悔いとして残り、何とかしてその荒書きの部分を訂正して、私なりに、この作品を四部作として、精一杯に改作完了しておきたいと思った。それが版元との交渉で、ようやく陽の目をみたのは昭和四十八年、約十三年の歳月を経ている。中央公論社版の私の全集に入れたのはその改訂されたもので、収録に際して、さらに十数箇所にまた不備を発見して加筆、削除した。

一つの作品に、これだけの執着をもったのは私の作品中でもめずらしいといえるが、旧作を読み直して、文章はもちろんながら、考えの甘さに眼をふさぎたい思いのすることはしばしばである。私だけかもしれぬが、これは自慢にならない、はずかしいことだと思う。

いいわけめいて恐縮だけれども、『雁の寺』を書いた当時の月々の執筆枚数をいま概算してみると、約六百枚も書いている。週刊誌、月刊誌の連載のほかに、単発作品を三、四篇は書いている始末である。月六百枚は日に二十枚の計算だが、一日一日きまりをつけて書くわけではない。一夜に五十枚も書いて、あと二日は腑抜けのように呆然としている。おそらく聖富荘での仕事も、二日か三日だったのではないか。げんに山の上ホテルへうつってから、一夜に約三十枚の後半を書いているのだから。

このような事情では、いいものが書けるはずがない。いくら、文章をきめこまかくと志して、われとわが身にいいきかせても、疲労はかさなっているのだし、どこかに衰弱した部分がみえて、そこは手を抜いてごまかしてゆく。思い出すとゾッとするおそろしさだが、しかし、この経験は、私にはありがたいことだったと、いま反省している。十三年後、旧作をじっと見つめて約半年がけで手直ししたのも、つまりは、そういう自分の過去を徹底的に洗いざらして、私自身を見つめてみたかったからにほかならない。版元は、私の真赤にした原稿を見つめて唖然としたが、致し方なかった。私は、私を訂正することで、自己検証の秤にかけたのであるから。

しかし、このようなことは、読者にとっては大変めいわくなことだったろう。初版本を買ってこれを大事にしておられる方には、作者としてまことに申しわけないことである。申しひらきもきかぬことながら、敢えてそれをやってみたかったのは、この材料が、私にとって大切なものであり、生涯に一どの作であり、再び同じ主題で、べつの作品を書くことはゆるされなかったからである。わずか四、五日で一篇を書き終えた四部作。それを半年かけて直したのは、そのような私のこころであった。改訂版発行の際に、その解説をして下さった野口冨士男氏は、私の行為を叱責せず、その労を快くみとめて下さったが、それでも、あるうしろめたさと、改訂し終えた喜びが相半ばして、私を複雑な心境にさせた。

『雁の寺』に書かれた殺人は嘘である。が、寺院生活のある部分は、私自身の経験をそのまま書いてある。また登場人物も、事実、私の周辺にいた人々がかさなっており、たとえば、里子や、源光寺の和尚や、むぎわら膏薬本舗の爺さまなどは、私の心の中にあるモデルとそっくりにえがかれている。九歳で出家して、十九歳で寺院を脱走するまでに、私が見聞した禅界の人々の生きざまが、あるいは事実どおりに、あるいは嘘をまじえて、そこには語られているわけだが、それだけに、私の気持は複雑であって、殺人という憎むべき行為の道づれに、そうした実在の人々をつれきたった罪の重さを感じなければならない。これが、まったく空想の所産ならまだしも、私の人生でわすれられない、恩義をうけた人、親切にしてくれた人などを、無断でさらってきて、作者は、大それた殺人現場へ顔をならべさせているのだ。このうしろめたさは、永遠にのこるかもしれぬ。つまり、私は、私にとってそのような重大な小説を、そこで書いてしまっていたのである。

直木賞授賞式の日に、あいさつに立った天龍寺派管長関牧翁師は、「小説の舞台はだいたい想像のつく寺院で、自分にもおぼえがあるが、しかし、自分は殺される側に廻らず、いい役で登場しているので助かった」と場内をわらわせられたが、『雁の村』以後に登場する修道の僧竺道には師の風姿をかりている。こんなことをあげてゆけばきりがないが、今日なお、かすかに心痛む思い出は、いまは大津市で静かな生活を送っておられる瑞春院の奥さまが、この小説の反響によって、探訪家の訪問をうけて、ずいぶんなめいわくをうけられた事実である。私の配慮が欠けていたことになるが、しかし、小説の愛好者は、どこまでも調査をすすめて、モデルを追跡する時代になった。事実にもとづいて物を書けば、当然おこりえる弊害といわねばならぬが、このようなこともいいわけめいて苦しい。静かな老境を、私などの小説によって荒されて困惑されている奥さまに対し、いくら謝っても謝りきれない思いである。

しかし、それでは、この小説を書いて、私は後悔しているか、といえばそうでもない。これを完了させたことで、私は満足してもいる。これは作家の業といってしまえばそれまでだが、その業とは、私の今日にもつながる、生きの証しだ。

私は『雁の寺』で、じつは仏教界、わけても臨済禅の伽藍生活を、しっかりと書いてみたかった。たてまえと本音の間を苦しみ、ごまかし生きる僧侶の伴侶となった女の生の哀れと、おろかさ、それと貧困によってゆがめられた孤独な少年の、安心立命にまで降りたってゆかなかったその経緯を、ていねいにみてみたかった。善悪の判断は何もしていない。読者がそれを判定することで、私は、聖と泥とをここで書きたかった。といえば、大きな物言いにもなって、そんなことばは今になっていうことで、何も出ていないではないか、といわれそうだが、しかし、当人は、それがいくらか果されたと満足しているのである。

この姿勢は、十五年後の『一休』創作の心根につながる私の道程といってもよいだろう。私は、私の生涯の、九歳から十九歳までの大事な精神形成期に、寺院から教えられた人間苦の問題を、そうたやすくケシゴムで消すふうに忘れ去れないのだった。一生、その部分は、私の懐に抱かれてつきまとい、死ぬ時の棺にまで入るにちがいない、そう思っている。

どこで死ぬやらわからぬ私の死は、やがて迫っている。その日まで、この和尚殺しの小説は忘れられず、私をさいなむであろうことを、ここにいったまでである。私が私の業で背負うのだから、これは読者の知ったことではない。読者はいつも、作家の苦悶する生を、おもしろおかしく傍観すればよいのである。それが作家となった人の覚悟かと思う。

「五番町夕霧楼」

『五番町夕霧楼』は、昭和三十七年九月の「別冊文藝春秋」(八一号)に発表した。この十二年前、すなわち昭和二十五年七月二日に焼亡した金閣放火事件に想を得たものである。放火したのは金閣寺にいた徒弟林養賢(承賢)で、当時二十一歳。丹後の舞鶴市外、大浦半島の突端に近い成生《なりう》の出身であった。林は二日の午前三時少し前に、自室から蚊帳、ふとん、衣類をもち出し、藁束といっしょに、国宝の足利義満木像の前に積んで火をつけ、燃えあがると同時に自殺を企てたのだが、火の手をみるとその勇気が挫け、裏山へ逃げて、その中腹の左大文字の丘でカルモチンをのみ、小刀で胸を刺して苦しんでいるところを逮捕された。極度の興奮状態で、取調官に対しても暴言を吐き、その放火の動機なるものも曖昧な点がみられた。

林君の父は早逝したため、彼は成生の貧寺西徳寺に母親をおいていた。数少ない身内である母親は事件の報をうけると、大江山の里にいた弟に伴われて、京都西陣署を訪れて子に面接を乞うたが、林君から拒まれた。取調官に子の来歴をはなしてからの帰路、山陰線の車中から、保津峡谷に身を投げて死亡した。この母親の死は、放火事件の翌日の午後のことでもあったので、新聞に大きく報じられた。

私は当時、埼玉県の浦和に住んでいたが、事件は他人事に思えなかった。林君の生家は、私の在所に近かった。成生は舞鶴市外とはいうが、若狭湾に面した孤島のような寒村である。私が勤めたことのある青葉山中腹の高野分校から北へ、海岸沿いに行った先端にあって、私は戦争中ここを二どばかり訪れている。福井県と京都府の境界に位置しているので、日置という部落が福井県側の行政区の端になっていて、そこから、わずかに歩いて山を越えると、断崖の下にえぐれた成生の部落があった。部落は小湾をもって、島が点在する美しい眺めだが、岬に出来たトンネルは、村人がトンガであけたもので、車はもちろん通れない。背山におい茂る山桃の黒々とした景色。夏など葛の葉が山肌を被い、その下には昼でも暗いような道が一本通じていた。林君は、こんな辺境の貧寺の子として生れ、田井小学校を卒えると、舞鶴東中学校に通い、卒業と同時に金閣寺に入っている。

他人事に思えなかったのは、金閣寺と私とのかかわりがあったからだった。『雁の寺』でモデルとした相国寺塔頭の瑞春院は、金閣寺の法類である。私が小僧として行った頃の、金閣寺住職だった伊藤敬宗師は、瑞春院から赴任していた。したがって、瑞春院にいた同師の徒弟浜田恢道さん（舞鶴市野原出身）はともに金閣寺へ移ると、私が若狭出身で在所が近かったこともあって、紫野中学（般若林）時代に親しくしてくれた。私が一学年の時、浜田さんは五学年で、よく金閣寺へも行った。林君の成生部落も、浜田さんの出身地と隣接していた。林君は、浜田さんが戦死すると、昭和十八年に行われた村葬に出席した当時の金閣寺住職村上慈海師に、野原村松源寺住職の推薦によって、金閣寺入りする縁を得ている。

もちろん、このことは、のちに調査してわかったことだが、当時の新聞報道では、金閣寺住職村上慈海師は、「林養賢とは何らの面識もなかった。世間には、彼の父親が自分に手紙をよこして、徒弟にしてくれと頼んだふうに伝わっているが、真実ではない。母親を通じて依頼されたので、面識もない少年ながら、ことわり切れない気持になったので徒弟にした」と談話で発表していた。私は、この慈海師の言に不思議な思いをもつと同時に、慈海師が、放火した徒弟を、在俗の人々と同じ立場から「犯罪者」と指さしていることに不満をおぼえた。自分で養育しておいて、その子との結びつきに、はなはだ曖昧な態度を示すと同時に、林君の犯した行為をも憎みのの しったからである。また、当時のマスコミも、炎上した金閣が、室町期の建築様式を代表する美麗な文化財であったことにふれはするものの、誰もが知っている、金閣寺自身が育てていた放火犯の青年僧の精神内部について論をすすめたものはなかった。もとより林君は軽度の精神障害者と判定されていたし、身柄は西陣署から京都地方検察庁にうつされ、法廷ではすべての犯行を認めたため、懲役六年の判決をうけ、のちに八王子医療刑務所に入っている。気違い行為、狂った小僧の放火として、金閣寺側も、検察側も、林君の行為を、たぶんに精神病的なものと判定していた。

私は、新聞や雑誌の記事の切抜きをつくる一方で、京都へ行くたびに、私の小僧時代の知友にあたって、事件の真相を探ってきた。放火前日、夜九時ころに林君と碁を打ったのは、私の在所大飯町岡田の山を越えた裏にある車持部落の正法寺住職江上大量師である。江上師の子は金閣寺の徒弟だった。林君より四歳下である。師は、病弱な子をこの日見舞って、同寺に宿泊したため、歴史的事件を目撃した。また、林君の兄弟子河北一道（一九八二年現在、中津自性寺住職）は、私と中学同級で、当時、相国寺僧堂にいて、林君ら徒弟を指導する立場にあった。私が聴いたことは、主として寺院の裏側のことである。放火は寺院の内に起きているのだから、それしか道はない。そう思って調べた。ところが、調べているうちに、事件の根の深さに戦慄せねばならなかった。それは、うかつに判断できないものであった。三島由紀夫氏の『金閣寺』は、昭和三十一年の発表だったかと思う。もちろん、私は読んだ。しかし、この作品からは、放火僧林養賢君とはちがう印象をうけた。すなわち、三島流の人間創造である。小説だから、それはそれでよい。

「文学界」編集長小林米紀氏から原稿依頼をうけた時、私は、ながらく筐底にあったこの事件の聞書きメモをとりだしてみたが、その時もまだ林君の放火動機について、確たる気持が推察しきれていなかったので、事件そのものは遠くへ廻して、私流の女性を創って、林君の人間、あるいは放火動機をあぶり出す手法をとろうと思った。もとより、それで、ながいあいだ調査してきた同件の全貌が括れるとは思っていなかった。

私は、金閣寺を鳳閣寺とし、成生の部落を与謝にうつし、仮空の村「樽泊」なる所に生誕した菩提寺の長男と、部落の貧農の娘との愛を語る手つきで話をすすめた。娘が五番町に売られて、そこで軀をひさぎ、幼友達の鳳閣寺小僧と邂逅する話のはこびもみな空想である。

しかし、このことは、新聞でみた五行ぐらいの文章がヒントになっていた。すなわち、林君は、放火した年まわりに、二どほど五番町にゆき、某楼の娼妓と同衾していた。娼妓が警察によばれて証言していることも、わずかな文章だが記されていた。記憶にまちがいなければ、女性は和歌山県東牟婁郡の出身だったと思う。

五番町遊廓は、私自身も、等持院にいたころに行ったところだった。卒業した花園中学は、臨済派の妙心寺の経営する学校だったが、五学年ごろから遊廓通いが流行し、卒業するまでに童貞でいると級友たちから軽侮された。そんな気風の学校だった（林君も私が卒業後、この中学に併合された学院に入っている）。

　私は、等持院を出てからも、京都府庁で働いていたので、給料が入れば五番町へ通った。それで、多少この町の内情にくわしかったといえる。「夕霧楼」という妓楼は空想だが、私が行った「石梅」や「奥村楼」やがミックスされて、あんな妓楼になった。

　私は、女主人公夕子を追って、五番町の生活を描いているうちに、夕子は当然ながら、同僚の敬子や松代や、ほかの妓らにも愛着が生じた。いくらかでも現実味が出ていたとしたら、それは童貞を失った町への私の郷愁と、その当時いた妓らへの愛情のほかに理由はないだろう。

　偶然のことながら、私とこの五番町へよく通った友人に、金閣寺の新田弘禅がいる。新田は舞鶴市内北吸の得月院の弟子で、立命館大学にいた。私も等持院を出て、府庁で働きながら入学したので同級となり、いっしょにあそぶ機会をもった。新田は私より年は三つ上だったが、舞鶴出身というのは、林養賢君と事情が似ていた。私は新田から、焼失前の金閣寺の内情をよく聞いていたので、林君へのいっそうの哀惜が、この小説を書きすすめながらも去来した。

この作品が発表されると、時評家の讃辞があった。なかに名はわすれたが、放火した林君の心理についてもう少しくわしく書けなかったか、と不満を述べられる批評家があった。当然だろう。私はこのことを知りながら、それは後日にあずけて、一篇の悲恋物語を仕立てたにすぎない。林君の心理にふかく立ち入ろうとすれば、それはまた別の一篇をつくらねば果せなかった。林君が五番町遊廓に登楼するのは、わずかに二どである。遊興が鬱屈した青年の深層心理とかかわらぬはずはないにしても、遊廓からあぶり出せる心理はしれたものだ。林君の悲劇は、彼の生誕と貧困の根につながる、田舎寺と京の金持寺の格差や、健康な青年僧と極度などもり僧というハンディキャップを背負った障害者特有の劣等意識をぬきにしては語れない。

私の調査はまだ途中だったし、その批評家の言を肯定しながら、のちに発表すべき別の一篇に全資料を貯えるしかなかった。この気持については、「世界」（昭和四十九年四月）で「金閣と水俣」に書いておいた。

金閣は足利義満の建てた寺である。ここはもともと将軍の別荘であって、巨大な伽藍や金閣の建物は、空・無・知足を体現する禅僧の生活にそぐわない。武家権力の象徴でこそあれ、宗教的な深みのある寺とは思えない。その金閣を林君は焼いている。

彼は、その放火動機について殆ど「真」を語っていない。だが、焼いたことで、禅宗教団をしずかに告発していることは事実である。その林君の深い思いについて、私は、ぜひともう一どこの事件に立ち戻って物語をすすめたいと思っていた。のちの『金閣炎上』はその思いにささえられた。

「越前竹人形」

『越前竹人形』は、昭和三十八年一月から五月にかけて三回連載で「文芸朝日」に発表した。当時、「文芸朝日」は、創刊後まもなかった頃で、永井萠二さんが原稿依頼にみえて、新年号に短篇小説がほしいということだった。そこで日頃あたためていた材料をもとに「越前竹人形」と題して書きすすめた。はじめは、五、六十枚の短篇ですむと思ったのが、書いているうちにふくらんで、百枚になっても完結しなかった。そこで、永井さんに、ご希望の枚数でおさまらないから、掲載は見あわせてくれないか、と頼んだ。永井さんは、とにかく見せてほしい、といわれた。未完のそれを手渡すと、永井さんは眼の前で、題名と冒頭部を読んで、「おもしろそうですね。いちおういただいて帰って編集長に聞いてみます」といって帰られた。すぐ電話があって、掲載すると返事がきた。完結まで「文芸朝日」に連載するようにとの、固い依頼だった。私は申しわけない気がした。というのは、その年の十二月まで、同じ「文芸朝日」に随筆風のものを連載していたからだった。それがすんだのをしおに、新年号で短篇をといってこられた永井さんに、長篇をまた手渡すかたちになる。これは、編集部としても異例だろう。二年にわたって、同じ作家が、二つの長篇をつづけざまに載せるなどあまり聞かない。それで、永井さんは、第一回を校了にすると、次回は少し間をおいて載せようと申し出られた。つまり、二年つづけての長篇連載と思われないように、中篇の発表ふうに配慮されたのである。ありがたかった。それで、一月号に第一回を、四月号に第二回、五月号に第三回を載せた。それで作者はかなり余裕がとれた。

　この小説は、三回完結を見た時に、新聞時評で好評を得た。「読売新聞」紙上で、吉田健一氏が先ず賞めて下さった。単行本は中央公論社から出たが、初版が出ると、これを谷崎潤一郎先生が読んで下さって、「毎日新聞」紙上に、三回にわたって、「越前竹人形を読む」という長い文章を発表して下さった。畏敬する大先輩の先生に、読んでもらえただけでも嬉しいのに、原稿十枚以上もの過褒のおことばは、身にしみてありがたく、「毎日新聞」を枕辺において眠れなかった。大きな勲章をもらったような気がした。谷崎先生は、この作品の後半に多少の不満をのこされ、主人公玉枝が宇治川で流産したところで、この小説は打ち切った方がよかったのではないか、といわれた。つまり、玉枝が宇治川から越前へ帰って死に、喜助が遺骸を父の墓のわきにうめて、のち彼自身も死去する。あとのつけたりは不要だとのご感想であった。なるほど思った。しかし、もう本にしたものであるし、直しもきかぬ。このことは、小説の芸を考える上で、大きな教訓となった。

『越前竹人形』は、この谷崎先生の過褒もあって、評判をよび、演劇や映画にもなった。芸術座での菊田一夫脚本による芝居はロングランとなり、大映での吉村公三郎監督の映画は大ヒットした。このようなこともあって、私は、日本海辺の孤村に生きる人の人生を描く領域にいっそう興味をおぼえた。

その頃、連載を終えて加筆中の『飢餓海峡』の完結に情熱をかたむけていたが、いろいろなことがかさなって、他の作品にも充実したものをという気持も高まり、この昭和三十八年から四十年頃までは、短篇にしても、大いに力を入れたものが発表できたように思う。『水仙』『北野踊り』『鴨川踊り』など、みなこの頃である。

ところで、『越前竹人形』にはモデルがあった。そのことを私はあまり人にいわなかった。というのは、芝居や映画になってみると、あたかも、その土地が実在したかのように思われて、物好きな人は、わざわざたずねていったりする。もちろん、竹神村というような村は越前にはない。吉村公三郎さんのお弟子さんたちは、越前にロケハンにゆかれて、竹に囲まれた村などなかったといって、徒労の旅で帰ってこられた。竹神村は作者の空想だから、ロケハンは作者の頭の中にきてほしかった。しかし、登場人物には、かくれたモデルがあった。それは私の父である。

父は、大工職人だったが、冬は仕事のあいまをみて、よく竹細工をやった。入母屋の藁屋のつしに古竹を煤けさせておいて、それをより出しては、尺八をつくったり、鳥籠をつくったりした。子供の頃、尺八ができ上るのをみた。サメの肌をつかってのフシぬき、トクサをつかっての肌磨き、ベッコウをつかっての歌口つくりなど、見あきない作業だった。私はこの父の姿を主人公喜助の父親喜左衛門に仕立てあげ、その喜左衛門の恋人だった遊女玉枝を勝手に創造した。しかし、これも、多少のモデルがあった。小浜町の三丁町にいた私の馴染みだった遊女が、父のことを知っていたのがわかった。私は二どばかりで縁を切ったが、その二十一歳当時の思い出を、玉枝にかさねてみたのであった。そのため、若狭小浜町の三丁町を、そのまま越前芦原にもっていって、花見家を三丁町の女郎屋とした。芦原温泉に三丁町などという遊廓がないことは周知の事実である。いまも、芦原をたずねてその所在をたしかめる読者には気の毒だが、三丁町は若狭にある。

尺八をつくる父をみていて、人形を案出したのは私の絵空事だった。この当時、越前には、いまのように多産される竹人形はなかった。私は、尺八では能がないので、どうにかして、人形ができないものかと考え、一日、神田の古本屋を歩いて、竹工関係の本を探した。そして、高山書店で『竹細工ならびに道具一式』という小さな本を発見した。立ち読みしてみると、日本の竹工芸が写真入りで、道具も図版入りであらゆる種類が紹介され、その工程もくわしく書かれていた。だが、人形はなかった。電気の笠、花籠その他、巧緻な製品はたくさんあるが、人形だけがない。そこで、私は、花籠や笛や鳥籠の製作過程をよみながら、人形をつくる方法を案出した。もっとも、これは、本当につくったわけではない。父の作業ぶりを思い出しながら、この小冊子の知識で、「竹人形」を文章でつくってみたにすぎない。したがって、私が書いたように、竹の皮がこまかくきざまれて髪となり、黒竹の根が首かざりとなり、真竹が胴体になるものかどうか知らない。勝手な空想だから、文章の上で、その製品のしあがりを、読者にたんのうして貰えばいい、と信じたのである。

ところが、芝居や映画になると、国もとの越前では、この小説にある姿の竹人形が出廻るようになった。おそろしいことである。それまで、そう有名でもなかった細工師たちが、競って竹人形を発表した。中でも尾崎欽一さんは、小説が世に出る以前から、人形をつくっておられた。氏の翁人形は越前ではすでに調法されていたときく。この尾崎さんが先ず精巧な作品を矢つぎ早やに発表されると、「越前竹人形」は、さらに有名になって、福井県下のホテルや土産物店のウィンドウを飾ることになった。

そうして、それらはみな、玉枝人形であった。

私は、小説の結末部で、そのことにふれている。喜助の死んだのちに、竹人形の手づくりの伝統は絶えて、「今日『越前竹人形』と名づくる真竹製の量産品が市場に出廻っているけれど、これらの製品は、この物語に出てくる竹神部落と何ら関係はない」と書いた。これを書いている時に、まだ、竹人形がそう出廻ってもいなかったのでそう書いたのである。この予感は的中して、今日の竹人形の量産を現出している。もとより、このことは作者の知ったことではない。

『越前竹人形』を、私の代表作といわれる人が多い。私にも、そのような気はする。たしかに、今は亡き父がモデルでもあるし、苦心の作でもある上に、谷崎潤一郎先生の賞讃を得た思い出のある作品だから、代表作といわれて肯定せざるを得ないのだが、しかし、前にもいったように、この後半の処理のことについての課題は、のちの作品のしあげの上に、大きな教訓をのこし、いろいろと、作者に試みを強いることとなった。たとえばである。一枚の絵を書きおえた画家が、額ぶちを製作して、絵をそれにおさめ、さらに鋲で打ちとめるまでのこころづくしは、作品に対する作家の愛情といえるだろう。しかし、小説は、そこまでしあげなくていい場合がある。荒々しく書いて、あとは端折って、読者の想像にゆだねて、かえって効果をあげ、主題の深みを高まらせる技術は、当然一つのしあげ方法だが、しかし、ことばでいっても、その妙を摑んで、技とみせずに、自然とそれが端折れる腕は、なかなか培えるものではない。それとて材料にうまくめぐりあわねば出来ぬことだが、それは書いているうちに、たまたまめぐりあえる楽しみでもある。そういう楽しみにめぐりあわずに、額ぶちどころか、鋲まで打って、自分だけ酔う作品もあったりする。どっちかというと、それらの場合が多い。当時の作品に、そうした技巧の妙が存分に出ているかどうかは、むずかしいところだ。死ぬまで、この技術と材料のめぐりあいのことを考えて、探るしか手だてはないように思う。

「越後つついし親不知」「霰」「静原物語」

『越後つついし親不知』は、昭和三十七年十二月の「別冊文藝春秋」（八二号）に発表した。その年の秋だったか、福井へ帰るのに、東海道線ばかりでは味がないと考えて、上野を発って、日本海沿いに鈍行で行った。親不知で下車して、附近をぶらぶら歩き、谷を入って、過疎部落にゆきあった。そこから、さらにもう一つの谷を奥へ入ろうとしたら、樵夫によびとめられて、先へ行っても村はないと教えられた。鉄索にぶら下って走る籠が空にみえた。そこは「歌」という部落であった。私は、そこに住むわずかな人々のなりわいに興味をそそられた。鉄索は砕石工場のものだったか、石灰小舎のものだったか知らない。いくつもの籠が、帯のような細い空を、生きもののように渡るのをみていたら、石灰小舎で菰あみに精出していた若狭の母のことが思いだされ、きっと、ここにも貧乏な母たちが生きているにちがいないと、谷の向うに思いが深まった。越後杜氏の在所だということを、あとで駅前でうどんを喰いながらきいた。

東京へ帰って、文藝春秋の小林米紀さんから原稿の依頼をうけた。『越後つついし親不知』と題だけつけて、二、三日考えこんでいたら、一篇の姦通悲劇がうかんだ。つついしは筒石であって、親不知よりは、相当北の海岸にある駅名だった。これを鉄道地図から拝借し、女主人公の在所にした。語呂のいい「つついし」にひかれた。あり得ない話かもしれぬが、不便な山村へ嫁してくる娘のことゆえ、似たような不便な村にうまれた経歴でなければならぬ。主人公しんは、母方の縁者の名を貰った。その女も毎日、縄ない、菰あみしていた。男主人公留吉の名も、若狭の大工の名を借りた。杜氏の留守中に襲いかかる悲劇。若狭の村でもちょくちょくきいた話だった。そのまま、姦通のくだりを書きすすんだが、妊娠が露見して、告白しなかったため、夫に殺される。ここまではどうにか予定の枚数でこぎつけられたが、結末にくる重石が足りなくて苦しんだ。棺内分娩がうかんだときはほっとした。どこかできいた話だった。果して、死んだ妊婦の腹から、棺内で子がうまれ出てくるものか。医学上問題がありそうだ。きいたときはぞっとして、あり得べきことだと考えたのだった。書いているときもそう思っていた。あり得ないことにしても、この結末は気に入っている。おしんのかなしみが深まったと信じている。

この作品は、中央公論社から出た短篇集『西陣の蝶』の中に入れた。表題にしなかったため、人の目につかなかった。ところが、今井正監督が、ぜひ映画にしたいと申し込んでこられた。佐久間良子君のおしん、三国連太郎さんの権助、小沢昭一さんの留吉で完成すると、大ヒットとなり、わずか八十枚の短篇が評判になった。映画になって、小説の評判がうかび上る例は少なくない季節だった。苦笑しながらも嬉しかった。のちに、表題にした短篇集が改版されて出て、いまもロングセラーになっている。一度きりの姦通で子を孕む話は、『越前竹人形』のパターンである。作者にもその反省はもちろんあって、この短篇が独立した評価を得なくても当然と思っていたが、あらためて読み返してみると、『越前竹人形』とはちがった、土俗性の濃い作品になっていることに気づく。やはり、あの日、親不知で下車して、ひとりでとぼとぼ歩いたことが、作品の裏打ちになったものと思う。有名な流行歌手が、某脚本家を同道して、劇化を申し込まれたことがあった。その際、ながたらしい題名だから、ぜひとも「越後の女」にしてくれないか、と条件を出された。その場でお断りした。劇化はそれから十年経て、私の脚本、今井正演出で西武劇場で陽の目を見た。今井さんとの縁が再びつながったのだった。

『霰』は、昭和四十一年八月から十月まで「小説新潮」に連載した。この話の六分は本当である。モデルは母方の祖母だが、祖父の妾腹の子ら二人の末期を、私の母が見とっている。祖父の履物商を、祖母、母がうけつぎ、母には義弟に当った妾腹の子らもそれをなりわいとした。骨になった千太は、私が八歳のころ、生家の板敷きの部屋に寝ていた。肺病だった。兄の方は、隣村の佐分利村へ養子に行き、自転車商をいとなんでいた。かなり繁昌したが、私は、ある年、その店の節季の請求書を書いて、集金にあるいた。兄は悪性の癰《よう》で寝込んでいた。この人のことを私らは、鉱おっつぁんとよんだ。鉱太郎というのが、本名だった。この兄弟のことについては、『霰』の物語以外に、まだ知っていることや、遭遇したことがいっぱいあるので、いつか、下駄屋物の総仕上げの作品として、じっくりとりかかりたいと思っている。

この作品が新潮社から出版されたとき、川端康成先生から手紙を頂戴した。いまもこの手紙は大事にしているが、文面はおもはゆくて、そのままここに書くことは控えるが、丹念な仕事ながら、いま少しのところで名品になれないところがある、といった意味の文面だった。私は、眼識のある大先輩からそういわれて、大事な材料を大衆物語化した悔いを思い知った。いつか、下駄屋物の総仕上げとして、義叔父にあたるこの兄弟の薄幸で短かった生涯を、見直したいと思ったのも、この川端先生への私の思いである。

『静原物語』は、昭和四十五年十月から翌年七月まで「中央公論」に連載した。京都の岩倉地方に今日もつたわる里親制度の事情に関心があったのと、それに京都人の暦の奥にふかく根づいた黒い地下茎のようなものをえぐり出せたらと思って、現地へも再三足をはこんで書きすすめた。静原地方にこの風習があるかどうか私は知らない。しかし、静原はいつ訪れてもその閑雅なおもむきに魅了されてきたし、主人公の在所を、岩倉よりも、むしろ、この村に置いたのは、その方が、物語に美しさが出るのではないかと判断したからだった。京室町の老舗の慣習や、大正から昭和初期にかけての社会主義運動の実情については、『京都社会主義運動史』に負うところが多い。いずれにしても、軍国化されてゆく時代にも、古い慣習はいささかの変容もなく頑固に息づいていたのは、京都ならではのことだが、旅人の眼では、京都人の心底は見えないということにも気づかされた。よく人は、京の四季、京の風物、京の伝統などとかんたんにいって、たとえば、四季の冬一つとってみても、東山も西山も、伏見も醍醐も、ひとくくりに冬だときめてかかる。じつはそうではない。長く住めばわかるように、鞍馬や静原は雪でも、中京はかんからにかわいているし、伏見では物干場にあっぱっぱのおばはんが出ている。雪もそうなら、時雨もみぞれもそうで、せまい盆地の都は、一日のうちに、何どかのうつろいやすい表情を複雑にみせている。そんな都で、根を張って生きてきた人々の、血のことや、風俗慣習のことやは、不思議なことばかりが多くて、いまだに私は、京の地下を流れる音について語り得ていない。大ぜいの作家が、挑んではねとばされてきた底深さだろう。近松秋江、吉井勇、長田幹彦、川端康成の諸先輩の作品を読みかえすたびに、その思いをふかめるのである。

『越後つついし親不知』『霰』『静原物語』の三作品は、以上のような理由もあって、作者には愛着があるものだ。『静原物語』をのぞく他の二篇は、私の血縁が多少モデルになっているので、自己体験を物語化することの、ある空しさと苦しさを存分に思い知らされた作品といえる。楽屋をいえば、体験を正直に、抑制された文体で伝達するにこしたことはないのである。作者にとって、主題はそれでもっとも深まり、満足すべきところとなり得るはずだが、物語化することにおいて、それぞれの人物が、体験のイメージの垣をはずれて、勝手に生きはじめる。そこのところが、おもしろいといわれれば、そういう読者に申しわけないけれども、作者には、じつは口から吐いた糸を、人絹織にまぜこんでいるような不満がある。おもしろい小説をといわれて、それに自己体験をひそませて汗をながしながらもそこが空しい。愛着があるといったのは、そういう意味である。

『越後つついし親不知』は昭和三十七年だから、『静原物語』の昭和四十五年までに約八年経っている。ざっと十年近く、私は自己体験の物語化に苦しんだといえるが、そういえば、『雁の寺』も『越前竹人形』もみなそうといえぬことはない。読者には語らないつもりだが、この三作品の中に、誰かが勝手に殺せば、作者は泣くだろう、血のつながった人物がいる。物語とは、そういうものではないか。

こっちが好きで、あるいは思いをかけねば、物もいうてくれぬ女に似て、厄介なのは創作というしごとである。思いをかけねば、活字も物をいうてくれぬ。物語のむずかしさだろう。

「しがらき物語」「波影」「鴉の穴」

風景から小説が生れる、というと変ないいまわしになるかもしれぬが、小説は人と人の織りなす業の世界を描き、人の性《さが》と性《さが》が衝突すれば詩が生れると思いつめている私にとって、風景はつまりその人の生きる世界でもある。その風景が美しいと思えるのは、私の心がそこに生きつつある、あるいは生きてきた人のことを思いえがいているからである。まったく人がいない場合でも、それを見つめる私自身がそこにいて、雪月花は美しいのだと思う。こっちの心がかさならねば、雪も月もペンキ絵である。絵が美しいのは、描いた人の自然愛が、雪月花に語りかけている声をきく楽しみ、喜びではないか。画布自体が物をいえば化物である。

近江へはよく旅をした。若狭と背なかあわせでもある湖北は、けしきも若狭海辺と似ていて気に入った。それで、京都へゆけば必ずのように、車をとばして湖岸道路を一周していたが、県南の信楽へ行ってみると、これまた若狭とちがった格別の閑雅な町なのに魅入られた。水口から汽車でゆくのと、大石から車で入るのと、さらに草津から入る三道があって、そのうち、私は大石から宮井へぬける信楽川沿いの山道を好んでいた。まったくこの道は、季節を問わず翠巒の中へ入るような胸のうずきをおぼえた。山はそう高くはない。おだやかな稜線が墨絵のようにかさなり、七曲りに峡谷を這う細道のわきに手の切れるような澄んだ水の浅底の川が流れている。このあたり、山峡の細谷に茶をつくる習慣があって、四季をとおして、茶の木が陰地で陽を吸っており、その畑へゆくための、丸太に土をのせた土橋がいくつも架っている。土橋のへりには草が生え、橋うらにつながれた小丸太の口が、軒タルキの木口をみるように美しい。そこへ霧がかかれば、もう、この峡谷は、たとえていえば、大観、華岳の描く山水世界である。掛軸へ入りこんだようなけしきといっていい。

　私は、この山峡から信楽へ何ど行ったかかぞえきれない。宮井をぬけて、やがて山峡がひらけて空のひろがるあたり、信楽の里が青くみえてくる。竈を焚く煙もみえ、煙突も高くみえてくる。いつも同じ風景をみていて心がはずむということはまれだが、いつきても、この変容は味がちがった。晴れた日は晴れた日の、小雨の日は小雨の日の、雪にでもなればまた格別の、信楽へ向う道はいつも息づいていたのだ。そうした川べりの道で、陶土をリヤカーに積んで、どこへゆくのか、すれちがってすぎる老夫婦をみたのはいつだったろう。夫婦は一人がカジをとり、一人があとを押してゆくのだが、荷を陶土とみたのは、カマスの口から赤土のようなものがみえていたからである。京の清水へ陶土がはこばれるときいていたが、さて、こんな遠い道を、リヤカーひいてゆく夫婦もあるまい。これは勝手な私の想像であって、もちろん、トラックや車の通る道でもあるから、リヤカーをひいてゆく夫婦は、古風な一幅の絵の中でいっそう息づいていたのである。

『しがらき物語』（「しがらき物語」昭和三十九年十月「小説新潮」、「続しがらき物語」昭和三十九年十一月「小説新潮」）の構想は、つまり、そのような風景から作者が描いてみた、人と人の織りなす業の世界だった。私は、信楽で、いろいろな陶工に出あった。町の歴史についても、また、信楽特産の壺や神殿の什器や、新しくは狸、徳利、植木鉢などをつくる技術についても、古老から教わったりした。そうしたにわか仕込みの知恵も手つだわせて、この物語を組みたてていったが、もちろん、弥八にも、平右衛門にもモデルがあったわけではない。すべて空想の所産なのである。

姫《ひ》弟子というのは、このよび名どおりのあて字であって、私の創りごとかもしれぬ。しかし、「ひでし」という呼称は、信楽には昔からあったそうである。ひでしは陶工のアシスタントである。主として前にいて手ロクロをまわす役目だが、昔のロクロは、縄をかけて、左右交互にひっぱってまわした。このロクロのまわしかげんが、陶工の手づくりに影響するのは当然であって、呼吸があわねば名品の壺は仕上らなかった。

「ひでし」には、渡り者が多かったときいた。つまり、ロクロまわしが本職だから、つかわれてみた主人と呼吸があわねばどうにもならない。呼吸があう主人を求めて転々するひでしの運命を思うと、これは、かくれた女職人の業の歴史といえないか。

　男と女の呼吸があうということはどういうことだろう。当然、そこに恋愛の情がおきて自然と思われるのだが、渡りひでしお紺の一生は、恋の歴史であり、ロクロまわしの歴史でもあったろう。私は、ここに思いをひそめて、勝手にお紺というひでしをつくり、大正・昭和初期からの信楽陶業の盛衰史にまぶしこんでみたのであった。大きなことはいえぬ。意図はそうあっても、作品の出来映えが、ちょうど壺をつくる作業に似ていて、火の焼きかげんも重要だし、入魂の作にはなかなか作者自身もめぐりあえないものだ、ときくように、小説もまたそのとおりである。出来映えは、読者にきくしかないだろう。風景が小説を生んだという理由も、こういう次第で、わかっていただけるかと思う。

『波影』も風景から出発していた。ここは若狭の小浜湾のけしきである。私は小さい頃から、小浜へゆくたびに海へ出て、東の久須夜ケ岳の下にみえる小さな村に関心があった。仏谷という。のちに、ここへ舟にのって行ってみたが、空想していたような閑雅な村だった。小浜からみると、いつも霞の向うにみえて、晴れた日は点々と家がみえるが、小雨にでもなれば乳いろにかすんで、海波の色に染まっていた。波の荒い日はみえなかった。

仏谷は、陸地をゆくとずいぶん時間がかかる。半島のつけ根から迂回するためだが、この道も海岸すれすれの波のかかる道だった。まだ道のない頃は、沖へゆく舟が帰りにここへよって、人をのせて町へ来たときいた。学校の子らも同様である。

私は、小舟にのって、村を出て、小浜町で働く娘のことを思った。おそらく、仏谷の方からみれば、小浜は都にみえたろう。その都へ出てゆくには、仏谷の娘たちは、女中、店員奉公しかなかったようだ。『波影』の主人公が、日がな一日在所の村を波頭の上にみてくらす理由はそこにある。

三丁町は、いまも呼称だけはのこっている遊廓である。近在の若者が通った遊廓町だが、軒のひくい、格子戸をめぐらせた戸口は、京の宮川町や橋下でもない、格別の雰囲気があって、私も、二、三ど登楼したので、その様子をよくおぼえている。妓たちは、九州、北海道、東北の貧寒地からきた者が多かった。まれには、若狭の谷奥からきた妓もいた。そして、例の売春防止法の公布されるまで営業していたが、のちにこの町は料理飲食街となって、いまも昔の艶めいた面影を温存して生きている。この作品が「文藝春秋」に連載(昭和三十九年四月〜六月)されて、完結をみた時、「朝日新聞」紙上で時評をうけもっておられた林房雄氏が、一介の娼妓に至高の観音像を刻んだとまで過褒され、嬉しかったのをおぼえている。そういわれれば、もう何もいうことはなかった。主人公も嬉しいにちがいなく、分身のように思って書いてきた作者もまた同然であった。

また、この作品は東宝で豊田四郎監督の手で映画化され、若尾文子さんと中村賀津雄（嘉葎雄）君が性格派の名演技をみせた。若尾さんの迫真さは好評で、いまでも桟橋に降り立ったあの姿がよみがえってくるほどである。撮影隊は、小浜に長期ロケして、仏谷にもゆき、主人公が埋葬されるシーンを撮ったが、私も、この時同行してつぶさに村の道を探りながら歩いた。この村の菩提寺の老僧を演じた三島雅夫さんは、もう故人となられた。思い出多い作品の一つとなった。

『鴉の穴』（昭和三十八年一月～三月「旅」）は、『越前竹人形』のデッサンという評家もいたが、そのとおりかもしれない。尺八をつくる竹細工師のはなしだが、これは、「三」のところでも書いたように、私の父の思い出がかさなっている。京の笛匠に妻をうばわれる細工師は、ここでは伏見の一兵卒である。しかも馬卒であった。この境遇は、私の馬卒経験が反映しているから、主人公はやはり私の分身である。女房を人に寝取られるのも私の経験であって、この経過は、『凍てる庭』のところで書く。が、

『鴉の穴』を書くときには、『越前竹人形』の構想はまだなかったように思う。舞台は常神半島になっているが、ここは久須夜ケ岳のもう一つ東の半島であって、『波影』の舞台と似たような村落である。男主人公は、やはり小浜で妻とめぐりあっているが、昔もいまも、人々の小浜との往還は、バスである。バスのないときは、てくてく歩くしかなかった。若狭には、陸の孤島のような村が多い。半島や岬が多いためで、その突端や山陰にある村落へは、山をぬける道がなかったので、舟便だった。『波影』はつまり、それらの孤島のような村村を抱く、日のかげりである。そこに住む人々を、乳いろの彼方に押しやっている風景に、私はずいぶんながいあいだ魅せられてきた。

「飢餓海峡」

『飢餓海峡』は「週刊朝日」に昭和三十七年一月から十二月まで連載したが、完結しなかったので、連載打切り後、約半年かかって五百三十枚ばかり書き足して、朝日新聞社から刊行された。「飢餓海峡」という題名もさることながら、推理仕立ての社会小説といった趣きがあって、社会的材料を扱った私の作品のなかでも、代表作のようにいわれてきた。作者自身にも異見はない。苦労もし、苦心もした作なので、その当時のことをちょっと書いてみる。

はじめ作者は、主人公に犯罪者をえらんで、それを追う警官の足跡を辿りながら、社会、人生というものが語れたらとひそかにもくろんでいた。しかし、その材料に、洞爺丸遭難と岩内大火が入りこんだのは、書く一年ほど前に、臼井吉見氏、柴田錬三郎氏と三人で北海道講演旅行に行き、岩内を訪れた時だった。ここで、この町が大火にあったことと、その日がちょうど洞爺丸が海峡で転覆して、大勢の死者が出たため、新聞は、そっちの方に多くの紙面をさいて、岩内の火事については一段記事ぐらいで殆どふれるところがなかったことをきいた。「新聞が殆どふれなかった」のに私は興味をもった。そして、同じ日に起きた、はなれた地方と地方の悲劇を、天地自然が貫いて眺めていたことの不思議さを感じた。私は、この二つの事件をつなぐ犯罪を構想した。そうして、それがあらかた出来上ると、書斎に北海道地図と青森県の地図を貼りつけて、一人の犯罪者の逃げてゆく道を想定した。正直、私は岩内に行っただけで、朝日温泉へも、仏ケ浦へも、湯野川へも行っていない。のちに訪れたことはあるが、その時は行くひまもなかった。それで、五万分の一の地図をたよりに、男主人公を歩かせた。女主人公八重の在所も、地図をみているうちにうかんだ。多少のモデルはないことはない。青森県下ではないが、似たような貧家出身で、明るい性格の娼妓たちを、私は知っていた。八重はソーニヤのように、男主人公にとっては無償の愛をかわしあう相手でなければならぬ。そんなことも考えにあった。とにかく、二人の主人公が出来上ると、その二人の性格や、来し方や、生きているけしきの実在化に汗をながす楽しみが加わった。あり得ない犯罪ながら、あり得たように書いて、しかも作者は、この種の小説の本道を裏切って、のっけに犯人を登場させたのだから、興味は謎解きにはなかった。この主人公たちが如何に生きていくかにあった。いっそう主題が深まったと同時に、苦労も増したのだった。

「週刊朝日」からは一年連載の約束だった。ところが一年たっても完結しなかった。

主人公たちの生活に現実性をもたせているうちに、期限がきたのだ。いまでも思い出すが、「海峡は凪いでいた」で十二月最終号の原稿を打切った。つまり、第十六章「海峡」篇である。弓坂吉太郎が函館の丘から海峡をのぞむところである。それからは発表先を考えないで、孤独な書斎での仕事となった。私は、犯人樽見京一郎の人間像の描写に心をつくした。そうしているうちに大団円がきて、ようやく完結した。冒頭に書いたように、五百三十枚の加筆である。

この小説を書き終えた時に、感ずるところがあった。それは、こつこつと書いてみてわかったことだった。かなりの評家が、これをとりあげて、いろいろと感想を発表された。推理小説としての不手際についての論評だった。私は、犯人を出しておいたのだから、もう推理小説としては落第だと思っていた。それで、その評に甘んじた。しかし、この小説が、自分でいうと変だが、はなはだおもしろい小説になっていることに気づいていた。推理仕立てではあるが、どことなく、長篇らしい結構をもった人間小説になっていることへのひそかな自負である。人はよく何々小説といいたがる。人間小説もそうである。社会小説もそうである。推理小説もそうだ。しかし、作者は何々小説を書こうとしているわけではない。多少はそういう考えはあっても、いったん書き出すと、登場人物どもが勝手にうごき出して、それぞれの垣根を出たがる。じつは、この出たがる主人公たちの手綱がとれなかった。こつこつと書いてわかったことはそれであった。手綱がとれないほど生きてきた人間に、私は勝手にほくそ笑んだのだった。いまもそう思っている。おもしろい出来となった理由は、それ以外にないように思う。

この小説は、内田吐夢監督によって映画化され、氏の秀作群の中でも一等作品と評され、昭和四十年度の日本映画記者会の映画賞は、監督賞（内田吐夢）、主演女優賞（左幸子）、主演男優賞（三国連太郎）、助演男優賞（伴淳三郎）のすべてをさらった。これだけでもまれな作品といわれた。いまもリバイバルで、大勢の観客を感動させている。この映画のおかげで小説もまたロングセラーの道を行くことになった。いい映画がつくられたことによって、小説がいい意味で宣伝してもらえた例ということが出来る。そういう意味からいっても、またなつかしく、愛着ある大勢の友人が得られた作品だ。

大事なことをいっておくと、私はこの作品を書いたころから、推理小説への熱情を失っていた。つまり、約束ごとにしばられる小説の空しさについてであった。推理小説は、周知のように犯人当てが楽しみであり、事件の解明や、殺人動機について、奇抜な工夫が要求される。奇抜が奇抜であるほどに成果が高い。私はそういう小説の娯楽性を拒否するものではない。おもしろく読んできたし、また自分でも試作してきてもいる。けれども、それがいくらよくきまって、よく仕上っても、どこかからふいてくる空しさ、それがまんならなかった。たとえ、人によろこばれなくても、おもしろがられなくても、作者がこれだけは書いておきたかった、というような小説があってもいい。読者不在の小説とまではいわないが、多数の大向うを相手にした作品でなくて、しずかに、人生を語るような小説もあっていい。そんなふうな思いが深まった。こつこつ書いて得たものの一つがそれだった。それで、私は、推理小説の原稿依頼にはこたえずに、勝手な物語を書くようになった。そうして、自然と、原稿依頼をしてくれる雑誌を自分から失っていった。致し方のないことながら、淋しさに耐えた。作家の業というようなものがあれば、書くのも業だが、書かぬということも業のはずである。

私は、『飢餓海峡』の主人公たちに愛着している。樽見京一郎、八重の人生について、とりわけて好みをもっている。多少のモデルのある二人だが、樽見京一郎の風貌には、満州からひきあげてきて、裸一貫で北海道にわたり、炭鉱労働に従事しながら、いまは北進開発の重役となられた若狭出身の友人水口修二氏の敬虔な人生態度と、その数奇な悲劇的運命を借りたことをこのたび告白しておく。もっとも水口さんは、主人公のような殺人者では毛頭ない。彼は敗戦によって南満の地獄を這いずり生き、妻にも子にも死別して、私の故郷へ帰ってきた。そうして、一時期、私がいた東京神田の家に同居したことがあった。東京は焼野が原だった。池袋にもマーケットがあった。私と水口さんはよく呑んだ。やがて水口さんは札幌へ越した。彼の住居は、南二十一条だった。物語に出てくる唐突なあの番地は、じつは水口さんの苦惨の日々の住居を借りたものだ。彼は、樽見京一郎のように大男ではないが、家族思いである。そして、私の村にいた両親に対しても孝行だった。京一郎の在所を、私が、若狭の村に似た奥神林の山村においたのも、じつはそのイメージである。京一郎が、北海道で、母におくるべき小遣銭がないために飢餓彷徨するあたりも、水口さんの望郷心を借りている。いっておくが、水口さんはやさしい人である。殺人者ではない。だが、もしこのことが、世間に知れると、水口さんは迷惑するかもしれない。そんな配慮もあって、モデルの件は極力伏せてきたが、もうそれも時効になりそうな気がするので、この機会にのべてみたのである。水口修二氏よ、許せ。あなたの風貌と人生を借りてこそ、樽見京一郎の人生にもいくらか現実性がもてたのである。深く感謝する。

ところで、私には、もう『飢餓海峡』のような大長篇は二どと書けないだろうという気もする。根気のいる仕事もだが、無理な事件を設定しておいて、それに現実性をあたえる営為の苦しさは、よく出来上れば楽しいが、なかなかうまくゆかないのが常だからである。よほどの材料が出現しないかぎり、こういう方法の小説には、めぐりあえない気がしている。といって、この作品が、作者の用意周到な計画によって書き出されたかというとそうでもなかった。講演旅行の一日の思いが、こんな物語のきっかけとなった。あるいは、その当時は、私にはいま無くなりつつあるところの物語性への熱情といったものが、もっとも燃焼していたのかもしれない。こっちが燃えねば材料も燃えてこぬ。死んだような石ころも、こっちが発光体なら黄金のように光るのは常識だからである。物語をつくることへの情熱。もう一どとり戻したいと願い、またその日のくるまで、私は生きようとしているのだが、そんなことをいろいろと考えさせる根のところで、この娯楽性のある『飢餓海峡』は作者の心の中で生きている。

「湖の琴」「銀の庭」「霙」

『湖の琴』は昭和四十年七月から翌年六月まで、「読売新聞」夕刊に連載した。全集収録にあたって手入れを思いたち、かなり削除して、結構を固まらせたが、私にとってては、なつかしい連載小説の一篇である。

舞台は近江の余呉湖である。この地に古くから三味線糸をとる農家があるときいたのは、ずいぶん以前のことだが、何どか大音、西山の二部落を歩いた。若狭の生家の村と似ているのにあきれた。村の道も、家のありようも、山の迫ったところもみな似ていた。桑をとり、糸をとりする作業も、母や祖母がやっていた座ぐり法だった。繭を煮るのも七輪だし、枠にとるのも同じであった。ただ、糸をねるのに、独楽《こま》縒り法を使うのはめずらしかったが。ところが、邦楽復興だというのに、化繊糸に負けて、生産は亡びの寸前だという。見学していて、私は、この地にとれる糸だけが、三味線や琴の糸に向いていることに興味をおぼえた。土地の人によれば、七つ井戸の水のよさが理由だという。水だけで、そんなにいい音の出る糸がとれるものか。不可思議といえる。不可思議ゆえに、微妙な音律とかかわるのか。理由があいまいであれば、いっそうこの村の歴史の深さが思われた。

一日だけ、余呉湖行楽の帰りに、私は高月の渡岸寺《どうがんじ》に詣でて、十一面観音の艶やかな姿をみた。観音の慈悲の顔と、座ぐり法で糸をとっていた娘さんの顔がかさなった。と、私の脳裡に、不思議の村を舞台にして、亡びゆく三味線糸の行方を、薄幸な男女に託してみたい構想がうかんだ。ちょうど読売新聞社から連載を頼まれていたので、渡岸寺で得たこの物語を書いてみたくなった。

主人公の栂尾さくも、松宮宇吉も、モデルなどはまったくない。空想の所産であって、すべて絵空ごとである。ただし、西山、大音にある糸とり場の作法だけは、事実を尊重した。もちろん、それだけのことで、百瀬喜太夫も架空だし、そこを訪れてきて、悲劇のタネをまく桐屋紋左衛門もモデルはない。京の花街や、それらしい芸妓たちも出てくるが、似たような名を拝借して、絵の材料とした。

この作品は連載開始とともに、材料のおもしろさからか、あるいは、女主人公の薄幸さが共感をそそったのか、映画化や劇化の話が殺到した。田坂具隆監督は特に熱心で、名コンビといわれた脚本家の鈴木尚之さんが拙宅を訪ねてこられ、新聞の切り抜きをもち帰られて、まだ完結もしていないのに、結末の心中行についてノートしてゆかれた。田坂さんも、鈴木さんも、かつて私は、『五番町夕霧楼』でその仕事ぶりに敬意をもっていたので、両氏に一切をまかせた。結果は、やはり、いい作品をつくってくださった。佐久間良子さんのさく、中村賀津雄（嘉葎雄）君の宇吉、中村鴈治郎さんの桐屋紋左衛門、まことにふさわしい人々の登場で、小説はいくらかだらだらしていたのに、映画は傑作となった。全集収録を機に改訂を企図して削除につとめ、行間を固めたのも、そうした両氏の熱情とかかわりがないでもない。物語は簡潔にこしたことはない。削除して読みかえしてみたが、いくらか、琴の音がするように思えた。新聞小説は、その日その日に山をつくろうとするので、一冊にすると冗漫になる。やはり、早くに削除手入れが必要だったのである。

『銀の庭』は、「文藝春秋」に昭和三十七年四月から十一月にわたって、断続的な連載の形で発表した。銀閣寺事件といわれる、京都相国寺を舞台に、いまも裁判がつづけられている実在の話をもとに創作したが、法廷で、この作品が弁護団から読みあげられるなどして、かなり物議をかもした。もとより小説であるから、すべて架空の物語にしてあるが、実在事件が法廷で争われて、いまだにそれが決着のつかないこともあって、作品は、禅宗教団の腐敗ぶりを覗くのに恰好の役目を果していた。

私は、銀閣寺にしろ、金閣寺にしろ、観光寺院がむかえている今日の札束礼讃の仏教者の出現をおもしろく傍観しているにすぎぬが、ことは禅宗教団であって、しかも、この事件に登場する老師や住職の諸氏が、知足の建て前を口にいうが、実生活は知足どころか、観光寺にすわりたい一心で争い合っているのである。一山を掌握する管長が、その主人公であっては、知足の禅も地に落ちたといわねばなるまい。

裁判法廷でも明るみに出たことだが、（天岡英夫証人発言速記録によると）菅氏の二十万円をつかっての女性道楽をタネに、住職の座からおろし、自ら住職になった大津櫪堂氏は、一山の首位の座にありながら、自坊では、女性と同居しておられたといわれる。これでは、菅氏を難詰する資格はないのだが、舞台は日銭の入る銀閣寺でもあるので、管長側に立つ弁護団も大物がそろい、原告側はそれにくらべてあわれである。菅氏は二十万円の金をつかった女道楽を素直にみとめており、改悛の意もふかく、銀閣寺への愛情も、金銭が目当てでない、血脈につながるものだが、些細なつまずきが、本山側の乗っ取りの材料となって、裁判さわぎがたかまるにつれて、相国寺はその恥を仏教史にさらす結果となった。どっちが勝つにしろ、負けるにしろ、観光寺院の金銭に目のくらんだ闘いは、京童の笑いの種になっていることは確かで、私も、そういう禅僧たちの修羅を、多少なりとも、この小説で具現してみたかったのである。

幸いなことに、この書の出版で、私は、相国寺派から出入りを差し止められ、少年時に得度式をあげていただいた瑞春院を訪れても、玄関ばらいを喰うことになったが、その瑞春院も、いまは、山内にあって民宿「雁の寺」の看板を掲げ、宿屋を営む時世であってみれば、出入り差し止めも、致し方のないことだとあきらめている。

いったいに、禅宗教団における建て前と本音の格差には、はなはだしいものがあって、金銭と愛欲にかかわって身を亡ぼした僧の出現は、中世仏教史をみればわかるとおりで、何もいまにはじまったことではない。そもそもが金権と結びつく伽藍を所持するから、建て前とは逆な利己生活者とならざるを得ないのだから、教団自体のありようが、徹底的に究明されなくては、この種の事件はこれからもつづくだろう。禅は厄介なものだ。金があっても禅境、なくても禅境である。徹底のもう一つ徹底の境地がそれらしいから、札束にうまって憤死しても、それはそれで、その人の自在というしかない。私たちは、しかし、一所不住、行雲流水の僧たちを尊んでもいるので、禅とは別世界に生きるこれらの高僧のさわぎに無関心でおられなくなるのである。いいかげんにしておいてほしいと誰も思うが、この裁判は最高裁にもちこまれて、まだ決着をみていない。二十年近くかかっている裁判である。銀閣寺は菅氏側へゆくか、本山側へゆくか、まだ混沌としているが、京童のあきれるのは、銀閣寺という札束宝庫にむらがった僧の面々のおもしろさだろう。日本仏教史でもっとも皮肉なる財宝伽藍否定事件といえる。

こう書いてくると、つい声高になる自分に気づかないではおられないが、四十余年前に相国寺に入ったころは、このような一山あげての勢力争いはなくて、閑静なあの山内には松韻が古さびた甍の上をながれて、禅刹らしい雰囲気も充分にあった。塔頭寺で民宿をひらくようなところは一寺もなくて、みな住職たちは、寺院経営を布施においていたように思う。私にとっても、そのような寺の思い出はあつくあって、いまもなつかしく、心のよりどころとしている。

『銀の庭』は、実在の事件がモデルだが、じつは、このような千々なる思いが裏打ちされているといえる。だが、小説は、アクチュアルなものが先に立てば、出来がわるくなる。これは不思議なことである。声高にものをいう人の顔が美しかろうはずはない。声しずかに語るほうが美しいのである。自戒の心根も働いて、ひとえに声をひくくとつとめてみたつもりだが、さて、しあがりに、アクチュアリティと詩とが、うまくとけあったかどうか。読者にたずねるしかしかたがない。

『霙』は「文藝春秋」の昭和四十三年十一月号に載せたもので、鎌倉に在住の菅忠雄氏夫人からきいた某病院での一挿話を、私流に絵空ごとにしてみたものだ。語りに多少、気になるところがないでもないが、むずかしいもので、語ろうとして語るところに、ムリが生じてくる。いわゆる説話調が、私の資質にそなわっているかどうか、ためしてみたい意欲もあって、あのような手法を試みたが、これも出来ばえは、読者にまかせるしかない。

以上の作品は絵空ごとの集まりだが、同じ絵空ごとにしても、実在事件にもった作者のアクチュアルな姿勢が、物語の中で、どのようにまぶしこまれているかを試すために、血汗をながす思いだった『銀の庭』がいちばんなつかしい。さけて通れない事件だった。ふと、宇野浩二先生が、長い文学歴のなかで、異色作ともいえる『世にも不思議な物語』と題して、松川事件にかかわられた経過もあわせ考えたりしている。もっとも、私にとって銀閣寺事件は、松川よりも、身に接したという意味で、火の粉がふりかかったのであるが――。

「城」「佐渡の埋れ火」「名塩川」「京の川」「畳職人谷捨蔵の憂鬱」

『城』は昭和四十年十月から十二月まで「文藝春秋」に発表した。私の歴史物としては第一作かと思う。かねがね、若狭領主京極高次と酒井忠勝の二代にわたった、西津城の築城悲史に興味をもっていて、故郷へ帰るたびに郷土誌の類をあさっていたのだが、「拾椎実記」なる史料は、そうした郷土誌と古老の聞書きなどをもとに、私が創ったものである。この当時から、私は、歴史をさかのぼるに欠かせない第一次資料といわれるものや、第二次、第三次などと、その真偽を検討されなければならぬもので、目にふれることのできる「見聞記」「実記」「戦記」の類に、真偽いずれにしても、それぞれの筆者のこころがあることに興味をおぼえてきた。文は人なりで、われわれは、今日の日記を書いても、自分流の考えで記録してよしとする。純然たる客観といわれるものの製作は、まことに至難なことに思い至ってきたが、古き歴史を見聞するのに、こうしたこっちのこころが作用してこそ、歴史は鮮明となる不思議さから、偽書にも、それなりのこころがあって、歴史が迫る思いがするのである。学者からみれば笑止の沙汰だろうが、それでは、『太平記』がいう新田義貞の最期に、義貞自らが己れの首をかき切って地に埋め、泥んこになって死んだという話など、信ずべからざることながら、あり得たような悲痛さをその文に見て、『太平記』作者の心情を歴史と了解するのである。第一次資料のみによって歴史に分け入る学者の事業と、物語作者の分け入る絵空ごとの差は、こういうところにあって、痩せた事実よりも、ゆたかな真実の方に、私は興味をふかめている。

といって、すべてに荒唐無稽を尊ぶものではないが、鷗外がいう「歴史ばなれ」でもなくて、むしろ「歴史に即《つ》かず、はなれず」の配慮をもって、時と人との真姿を描出したものに敬服してきている。

『城』はつまり、そういった私の物語観から、あらゆる史実を漁った上で、それらのすべてを土台にして、わかりやすい「私史」をつくってみたかった。「拾椎実記」がつまり、その企みを背負ったかたちとなった。

この小説が、その年度の「文藝春秋読者賞」をうけた時、ある評家は、文中に出てくる飢饉時の人肉喰いの描写に疑問を呈されて、仏教国若狭にそのような事実があったかどうか、作者に真偽を問われたことがある。私は、答えずにおいた。すると、いまは故人となられた石垣純二氏が、「文藝春秋」投書欄に、水上の「実記」の正当性を擁護されて、人肉喰いは江戸期の飢饉時なら、諸国にみられたはずだと反論された。

私は氏へも格別のお礼もいわなかった。いずれにしても、二氏が、私の文章に心をうごかされたことに満足した。小説はそれでいいのである。仏教国だから、人肉喰いがあり得ないということはあり得ない。私たちは、諸国につたわる文盲人の説話に、そういう地獄物語をいくらも聞いている。菅江真澄は、奥羽旅行の途次に、おそろしい子喰い話を聞いたとつたえていたように思う。見たようなことをいうのが作家のこころである。仏教国だからこそ、地獄物語があるという考えはかわらぬ。教えがあり、戒があって、人に平和が全うされるものなら、仏教も戒も、その時に亡びたはずだからである。

『佐渡の埋れ火』は昭和四十三年六月の「別冊文藝春秋」に発表した。かねがね、佐渡金山の流人悲史に興味をもっていて、再三、相川金山をたずねて、古老の話を聞き、郷土史書にも目を通してきた。わけても、一国騒動と、流人の逃亡に関心をふかめた。山本修之助氏による『島根のすさみ』の複刻は、さらに私に川路聖謨時代の佐渡に関心をもたせた。『島根のすさみ』は、いわば行政長官の日記である。筆まめな彼は、江戸の母のために、このような「佐渡赴任記」を書いたとつたえられるが、母におくった文章にしても、その目は、携帯する遠眼鏡が象徴するように、上からの視察にすぎない。彼はよろけにな〻る寸前の流人たちが、水汲みに精出す坑内に、カンテラさげて入って視察したろうか。否だと思う。坑内事情について記録はしていても、家来からの聞書きである。だが、それでもなかなかにおもしろい。つまり、上にある者の眼ざしと、下にある者の眼ざしの差がである。私はそこで、せきなる瞽女を創作し、佐渡を廻った当時の「口伝」をつくって、『島根のすさみ』と対比させた。下を這いまわる人間にも記録はあったのだといいたかったのである。もし、この小説が成功しているとしたら、「口伝」の創作の手柄かと思う。この作品が出た時も、大方の評家は賞讃してくれたが、中に、作者が資料によりかかりすぎているという人もあった。すなわち、「瞽女口伝」によりかかっているとの指摘だった。私は満足した。どこに、よりかかる資料などあったろう。歴史を思うこっちの心が「口伝」を創らせた。川路聖謨の脚下の土を掘りおこしたい一念に、作者は燃えた。雑誌が出来て間もない一日、池島信平さんから、ハガキに、大きな字でかかれた絶讃のことばをもらった。池島さんの東大で歴史を専攻された経歴は著名だが、この学者をうならせたかと、私は嬉しかった。

『城』『佐渡の埋れ火』は、私のいわば薄氷を踏む思いの歴史小説だった。ひそかにたくらんだ第三次資料の創作は、やがて『蓑笠の人』で良寛の脚下を照らす「越佐草民宝鑑」の水呑弥三郎の「伝記」となり、『一休』における「一休和尚行実譜」の創作の根になった。

『名塩川』（昭和四十四年一月「オール讀物」）は、越前味真野につたわる「花筐《はながたみ》」の謡曲から想を発した、これも私の絵空ごとである。大滝村の紙漉き家を訪ねた際、名塩からきた九右衛門の悲劇をきいた。故人となられた人間国宝岩野市兵衛さんからだったが、越前の紙漉きが名塩に生きて、九右衛門は名塩紙の始祖となったが、越前へのこした妻子のことに思いを馳せて、「花筐」の物狂いとかさねてみたのだった。この作品は、私には好きな短篇の一つだが、ＮＨＫの新作文楽にも採用されたし、京都上七軒の「北野踊り」に脚本化して、名妓勝喜代が踊った。職人物の出世譚といえるが、その裏で泣いた女の業の物語はいまも興味のあるところで、旅をしていても似た話があると、耳がたつのである。おそらく、「花筐」の作者も、そういう話をきいて、あのような華麗な物語を書いたのではあるまいか。

『京の川』（昭和四十年二月〜十二月「小説新潮」）は、現代物だが、そういう庶民の芸道物を物語化してみたいという思いがあって、私はそれを、京の花街に生きる女の業にふりあててみた。もとよりモデルはないが、先斗町のしきたりや、現今の事情がその背景になっていることはいえて、外には事実を語りたがらない花街のジンクスを分け入って、このような一篇をつくるためには、かなりの物要りとなった。私は元来、花街あそびというものにうき身をやつす性格ではない。華やかな世界であそぶのは好きだけれど、心からそこに溺れる気はしない。鼻もちならぬ野暮男だが、しかし、こういうことはいえるのである。近松秋江や吉井勇が溺れた花街は、いまやその伝統を死なせて、形骸化されてのこるのみである。妓のかわりようも、日々荒れて、昔ふうの躾や習慣を固持する茶屋も置屋も少ない。つまりは客がそのように変貌させたにちがいないのだが、そうしたかわり果てた花街に、今日も生きる京芸妓の脚下は妙に悲しい。華やいでいるようにみえても、どこか浮きたって物悲しい。それは京の他の花街にもいえて、数少ない芸妓たちが花街を守る必死さには、心うたれると同時に、そこで溺れようとするこっちの心をひきしめてしまう。野暮だといわれればしかたがないが、私はやはり、座敷で金をばらまく客になるより、青田刈りでつれてこられて、故郷をしのびながら、偽京妓になりすます女の話相手となっていたいのである。そういった思いのたけをこめて、『京の川』を書いた。この作品の女主人公静香の性格が、暢気で明朗なところから、女優さんたちの好む女性となり、何どとなくテレビ化されて好評を得ているが、新橋演舞場でも、新派がこれを上演した。「あんたの作品はきらいだ。女主人公がすぐ死んでしまうから」という女性読者には、黙って『京の川』をすすめることにしている。静香は死なない。どんなことがあっても泣かない。つよい女の典型として描いたから。

　これらの作は、はからずも、私のさぐってきた小説道といえる世界を簡略にのぞきうる作品群の集まりとなっている。つまり、虚実の皮膜の間を、作者は苦しみながら泳いで、見てきたような話にしているのである。そういえば、『畳職人谷捨蔵の憂鬱』（昭和四十四年一月「小説現代」）も、京のとある宿できいた話である。私の父の性格が、主人公捨蔵に多分にもりこまれている。ＮＨＫテレビで三国連太郎さんが演じたが、この人の真に迫る台詞にはおどろいた。死んだ親父がそこにいる気がした。

　こんなことをいうと、自作が映画や演劇になることを作者はよろこんでいるようにもきこえようが、じつはそうでもないのである。正直、私は『城』や『佐渡の埋れ火』の方に演劇化の期待をかけていたが、企画は一、二どされたものの、どちらも実現されなかった。実現されない理由もおぼろげにわかる。小説としておもしろければ、それでよいのである。いまは映画化、演劇化されにくい作品に、私は愛着をもっている。

「弥陀の舞」「はなれ瞽女おりん」「馬よ花野に眠るべし」

『弥陀の舞』は、越前大滝の和紙の里を訪れた際に、この村にある和紙の始祖を祠る古い神社と、紙漉き家のたたずまいに興をおぼえて、勝手な物語をつくってみたものである。昭和四十三年三月から一年間、「週刊朝日」に連載したが、文中に出てくる紙漉き古法については、前記『名塩川』同様、岩野市兵衛さんの教えを仰いでいる。市兵衛さんは頑固一徹な人で、越前奉書の伝統維持にその生涯を全うした人だが、特異な風貌容姿に何ども接していたら、自然と物語の主人公弥平にそれが乗りうつった。だが、大詰にいたる寺院の壁面を飾る大和紙作製のくだりは、同村の、やはり古法を守って奉書を漉いた岩野平三郎さんの、越前永平寺の依頼で漉かれた大壁紙の絵を見たときにヒントを得ている。すべてが市兵衛さんの行実をもとにしているわけでもない。要するに、古き和紙の里を訪問しているうちに、目にうつった紙漉き人たちの面影や、山紫水明の村落の美しさや、大滝神社の祭礼を中心にする年中行事その他の閑雅さに興趣をふかめて、すべてを物語の中へ投入している。実在名は出てくるが、事件・人物すべて架空であって、作者は、ここで一篇の母親探しのドラマを構築してみたかったのである。何といっても、他村から漉き家に奉公して働く娘たちの労苦は、雪のふかい土地柄でもある上に、また寒中仕事を尊ぶなりわいゆえに、われわれの想像を絶する辛いつとめである。背中にコタツを背負って、雪の川小舎で働く娘さんたちの姿を見ていたら、この物語の女主人公のような、薄幸な身の上でありながらも、必死に男性遍歴をかさねて生きる女性像が頭にうかんだのである。私は、越前和紙に限らず、この国の津々浦々の辺境にあって、古くからのなりわいを固持して、機械化文明に抗して、細々とくらす人々をいくらか知っている。木地師、塗師、機織り、堆朱彫り、竹人形作り、筆作り、面作り、梵鐘作り、業種は多岐にわたるが、すべて家伝の秘法を相承してなりわいとする、手づくりを業とする人々である。

かつてこうした人々を探訪して、『失われゆくものの記』という一冊を刊行（昭和四十四年十月、講談社）したことがあり、越前和紙の里も、この旅の途次に見聞したのであるが、とりわけて越前は故郷の若狭に接し、同じ福井県にあるところから親しみもおぼえたし、また軍隊時代の友人中条栄一君が、同村で紙漉き家を営んでいたこともあって、数どの探訪調査にいろいろ世話になることを得た。前記の人々をはじめ、紙漉きの歴史などについて、知ったかぶりなことが書けたのも、すべて、同君が提供してくれた資料によるものである。作品の出来不出来は、読者の判断にゆだねたいが、私には調査の苦労もあったので、思い出ふかい作品になっている。

なお、この作品は前進座によって劇化され、津上忠氏の脚本で、中村翫右衛門氏が弥平に、十朱幸代さんがくみを演じて好評だった。新橋演舞場に本物同様の越前紙漉き家の小舎が組まれた光景も、いまはなつかしく思い出される。岩野市兵衛さんは、この舞台を楽しみにしておられたが、病床にあって観ていただくことはかなわず、公演が終ってまもない一日、頑固一徹の生涯を閉じられた。

『はなれ瞽女おりん』（「はなれ瞽女おりん」昭和四十九年二月「小説新潮」、「はなれ瞽女口伝」昭和四十九年八月「小説新潮」）は、私の祖母の思い出を、越後高田にのこる瞽女屋敷の人々にかさねて一篇の物語としたものである。

瞽女は、日本海辺に生れた年輩の人なら、一どは目にしている盲目の女旅芸人をいう。私の祖母も全盲だったし、よく、村の阿弥陀堂に来て宿泊してゆく盲目の物貰いの姿は、少年時に目撃した。阿弥陀堂は、常時は空《から》にしてあって、葬祭の時ぐらいしか使用しない破れ堂だったが、ここは雪の日に訪れてくる乞食や旅芸人の宿舎にもなっていたように思う。いまも、この堂のよこに、恵林地蔵がある。古老の話だと、りんという盲目の女が、三味線をもって堂に来て住まうようになり、村の粗暴な男たちに弄ばれて子をうんだという。りんは、その後、堂を住居にして村の女たちに三味線を教えたが、一日、寒い日に堂内で死亡した。子はその後どこかへ姿を消した。恵林地蔵は、その盲目の母親の霊を村人が弔ったものである。私は、この地蔵を少年時から見てきて、古老たちの話してくれるその盲女の生に、物悲しいものをおぼえて、村へ帰るたびに荒廃した阿弥陀堂に詣でた。

盲女への思いは、『雁の寺』の主人公慈念の母親きくにあずけて物語に登場させているが、『はなれ瞽女おりん』では、いっそう盲女りんの生涯に想像をふかくしてみたかったのである。恵林というのは、りんとよんだ盲目の尼の名だと古老はいうが、ある年の冬から住みついたその女の出所は不明である。おそらく瞽女仲間からはずされた女にちがいなく、堂へきた時から身籠っていたともいわれている。いくら乞食姿の盲女にしろ、出産するとなれば、人手もいった。村の女たちは総出でその出産を助けたといわれている。かなりな長年月を住んだとみえて、子が一人身で出立していったことも哀れをおぼえるが、りんが門付けに語った説経節は、「しんとく丸」や「をぐり判官」や「葛の葉」や「さんせう大夫」だったらしい。村人らは、この盲女の三味線をひいて語る物語に涙をながしたのである。

私は、のちに高田市にのこっていた瞽女屋敷をたずねて、親方の杉本チイさんに以上のことを話してみたことがあった。杉本さんは、そういうはなれ瞽女は何人もいたでしょうね、といっていた。

掟のきびしい屋敷の生活から脱落して、男を転々したあげくに捨てられて、果ては旅人のなぐさみ者になって、路傍で死んだ瞽女もいたのである。若狭のりんに「恵」の一字が冠されてある地蔵の秘密を解く人はもういないが、この一篇の物語は、私の勝手な空想とはいえ、在所もあかさずに死んだ盲女への鎮魂歌である。もっとも賤しいとされる盲目芸人の生涯を追っていたら、ふと、こういう人たちのことを野の聖というのではないか、と思った。説経節を語りながら、男たちのなぐさみ者に甘んじて生きた盲女たち。彼女たちは、その在所のけしきも、父母兄弟姉妹の姿も見ていない。闇を生きたのである。

『馬よ花野に眠るべし』は、私の馬卒時代の思い出をからめて、敗戦後、馬一頭を頂戴して除隊した一兵卒の、馬とともにくらす喜怒哀楽を物語にしてみたものである。すべては空想だけれど、軍隊時代のことや、近江北部に住んだ馬喰にはモデルもあって、虚実ないまぜに編んでみた私の馬物語と思ってもらえれば嬉しい。この作品は、昭和四十八年一月から四月の「小説新潮」に発表したが、その前年、私は、「新潮」に『兵卒の鬃』を掲載して、大方の批評家の喝采を得た。これは、昭和十九年に応召していった伏見の中部四十三部隊での輜重輸卒の生活を事実通りに書いたものだったが、事実通りのことを書いても、まだ満足するところがなかったので、「小説新潮」からの依頼で、一兵卒の戦後を書いてみたのだった。

馬は、いまでは競馬場だとか、避暑地や遊園地ぐらいでしか見かけられないが、長寿を保つ馬なら二十年も生きる。そういう老馬でも、若い頃は軍馬として戦線に活躍したことがあったことに思いをふかめる人は少ないだろう。昭和三十年前後、この国がいよいよ経済成長に向いはじめる時期に、軍馬であった馬たちが、それぞれの持場で、人にこきつかわれて働いている話をきけば、私はそこへ出かけていって、つぶさに見聞したものだった。白馬だったために、神馬になって神社のうす暗い馬房につながれている出世組もいたが、全身赤むけにただれた老体を鞭打たれて、遊園地の家族団欒の車をひいて走らされているのもいた。また、ホテルから結婚式場の神社の間を往還する結婚馬車をひくのもいた。それらの馬はすべて老いていた。輜重輸卒だった私が、伏見の兵舎でうけもった馬たちは、若馬で、荒々しくて、世話するにも手を焼いたが、敗戦になって、地方生活をするにおよんで、私を手古ずらせた馬たちの行方に思いをいたす日が多くなった。

馬は、この小説にも書いたように、まことに繊細で、飼い主の気持もよくわかる動物である。年ふるごとに、その親密さはまして、犬猫の類をしのいで、おそろしいほどの人間的な一面をみせることがある。若馬を扱う時の苦労や、その習性については何どもふれたが、それでは、私は馬が好きかというと、いっしょに暮す気はしない。いま好きな方でも、眺めている方であって、馬への思いをふかめている仲間である。いまは北海道や東北の各地で産出する馬は、大半が競馬用の馬である。年々生れてくる馬のうちで、晴れの競馬場に出場出来る馬は何百分の一にしかすぎないが、はずれた馬の行方に関心をふかめている。あるいは、冷酷な業者の手によって、駿馬とならぬ駄馬は、一夜にして屠場におくられてカンヅメに化けてしまうか。それとも、この主人公のような馬好きに買われて、観光地や結婚式場で働くことになるか。気づかぬことながら、馬一頭の生涯を空想しても、いろいろな物語が生ずるのであって、これは私にとって、あの暗い兵卒時代を共にした愛馬への鎮魂歌と思ってもらえばよい。『馬よ花野に眠るべし』の題名も、そういう思いのたけをあらわしたかったのである。

「凍てる庭」

『凍てる庭』は、昭和四十年八月から翌年の六月までの「サンデー毎日」に連載した。はじめ同誌から小説の注文をうけた時、自分の身辺のことを書いていいかと訊ねると、どうぞ、といってくれた。部数の多い雑誌に、作家が私事にわたって一年間もつづることは、そこが小説欄であるだけに心苦しく思ったのだった。ところが、許可がおりた。遮二無二書いてみた。別れた妻と、のこされた子を三歳から私が養育した記録である。多少はこの年まわりころから、世間は、他人の家の事情をのぞくことに興味をもつ風潮が出てきて、固定読者もある様子だと、編集者は中間報告で元気づけてくれたりした。こんなことを書くのも、じつは、私事を書くにも、媒介誌がいくらか作用していて、本当のことをまだまだ割愛したところも無いではなく、主人公である当人の私も、裸になりきらず、いい気なところもあるのが、気になっているからだ。それで、この小説は、私の作品中でも、厄介な問題をはらんでいて、まま子の存在で私を今日もにらみつけている。

私は、ここに書いてあるとおりとはいえないが、九分どおり、このとおりの事件をおこして、最初の妻と別れた。いまから思うと、別れ際がきたなくて、妻の方もいっそう嫌気がさしたことだろう。こっちは生活力のないくせに惚れていたのである。始末におえない男だった。黙って出ていったまま、二どと子のところへもどらなかった妻も、天晴れだと、いまは正直思うようになった。

ところが、子の方では、私に早やけりがついても、けりがつかないものを背負って生きてきているのである。結局、これは私の責任というしかないし、その負い目を私は今日も背負って、不機嫌になったとてはじまらないと思い、黙って甘受して生きている。そういう気持も、作品の中に、うまく書けているかといえばそうでもないのだ。やはり、これは点数がわるい作品かとも思う。

しかし、一ど書いてしまうと、二どとこの問題は書きたくないという気持がある。また、子供も大きくなっているので、しょっちゅう昔のくりごとをくりかえして原稿料を稼ぐ父親は馬鹿にみえるだろう。そういう意地もないではない。当分は、この作品だけで、暗い離別話は打ちきりにしておこう、という考えは変っていない。他日、違った視点から、この問題を掘りさげてみたい気がおこれば、自ずから、その作品は、文体も方法も刷新されるはずだ。やるならその覚悟は必要だと思うし、その方法がうまくいって、いま考えているところの文学になれば、子も本望かと思う。子も本望かと思うというこのいい方にも、私のひとりよがりはあって、つまり、そういう問題が厄介なのだが、厄介なそれを吹っとばすぐらいの性根があればとりかかれると思っている。

とにかく、別れた妻というものは厄介なものである。子があればなおさらのことである。私の場合、子が私の方にきているので、多少は厄介さもちがうが、向うへいっていたのでは、またべつの恨みがのこって大変かもしれない。いっておくが、私は倫理性のつよい男ではない。倫理性はまったくないとも思っていないが、そうつよい方ではない。生来のんき坊主で、日和見主義なところがあり、狡いところも充分ある。私自身、鼻もちならぬ男だと思っているのだが、こんな男が遭遇した結婚の失敗譚は、そこらにざらにある話だろう。

とくに、あの当時、敗戦五、六年目は、離婚のはやった年まわりで、私の周囲の友人でも、大半は離別して、べつの女性をもらっている。私もその中の一人だが、しかし、私は、離別してから丸八年を独身ですごしている。生活力がなかったのと、病気だったのと、それから子が小さかったための三重苦で、再婚がおくれたのだった。決して、私にある種の倫理があって、そうしていたのではない。もっとも、こっちが振られたのだから（子を残して去るのだから、よほど私が嫌いになったのだろう）、妻のことを相当憎みもして、友人に会えば、男らしくもなく、悪口雑言をいいたいだけいい歩いていた形跡がある。いまから思うと、まことにダメな男だった。再婚のおくれたのも、じつは、その余燼がくすぶって、こけのようだったからである。八年かかってようやく、まともに働く気もおこり、結婚する気持にもなって、いまの妻をもらったのだが、ここでも、しっかりした倫理が働いていたわけでもない。ありていにいえば、のらりくらり暮していたところへ、そうしなければならぬようなことになってしまったといえる。はなはだ意志薄弱だ。そういうあたり、男の側のだらしなさも、充分に書けているとも思わない。

元来、結婚というようなことは、いくらその当時、こっちが燃え、相手が燃えていっしょになったにしても、それは感情の分野であって、さめてくると、いろいろ相手が透けてみえてきて、じつは、それを見てからでもおそくないはずのが、もう結婚してしまっているところに、妙味のようなものがある。そう思っている。裏切られても、反対に予想したとおりであっても、それは相手次第で、辛抱できなくなれば別れるのに越したことのない結合のようなものだ。したがって、儒教的な倫理などは何ほどの力も貸してくれない。私に堪性がないのは、そのせいだと思う。あったところで、幸福になるものか。元来、男女の仲というものは、はなはだあいまいで、どこかに固い杭を打って境界をつくれば、つまらなくなるところがある。別れた妻はそれを知っていて、私より賢明だったか、早くにさっさと出ていった。私がそのあとを追いすぎたのである。そして、追うことに、倫理をかざしていたけはいがある。私という人間は、屑のまたもう一つ下《した》の屑人間だったろう。そういうところが気になる作品だというのである。いい子になっているといったのも、そうしたことの徹底的究明に欠けている点だ。

しかし、これはあくまで小説だ。九分どおり事実だが、あと一分の嘘が救いでもある。嘘のつくりようが、もっときびしければという思いはいまもつよいのだが、それでは、また別の小説になってしまうかもしれない。これはこれで、一人歩きさせておけという思いも、そこらあたりのことなのである。

私はこのごろ、私自身の業のことについて絶望的である。業は仏教的にいえば、私の死ぬまでひきずる修羅だが、しかし、私が生きることによって、とばっちりをうけて困る眷族は気の毒である。母を失っている子が先ずその一人だが、しかし、いまの妻も、軀のわるい次女も、犠牲にたえてくれていることにかわりはない。そのことを思うと、今日からはいい父でありたい、いい夫でありたいという思いは多少どころでなく生ずるのだが、それを持続できる私ではないのである。しょっちゅう忘れては思い直し、忘れては思い直しして、生きている。そんなふうな上に、仕事が仕事ゆえに、あからさまに何もかも書いてしまうところがあって、その金で一家が米塩を仰ぐ矛盾の根は、やはり私の業だろう。これをのがれるわけにもゆかぬし、また、のがれて作家となり得る道もないと考える。作家は修羅を肯定して生きるのである。修羅に沈み、闘いして輪廻している。倫理的なたてまえ、宗教的なたてまえなどで救われもせぬ。衣を着たとて所詮地獄だろう。とうからそれを疑って地獄に堕ちているのが私の身上であって、そこのところを、つまり救いのないところを、表現一つにすがって生きるしかない。そんなふうに考える。

小説は厄介なことに人を描くにある。憎んでしまっては、相手はちゃんと描けぬ。別れた女にしろ、恋愛中の女にしろ、生々しく描ききるためには、愛憎の眼があっては片よる。信をもってその人を描かないかぎり、芸術的に、生きてくれない。業のふかい私に時間が必要なのは、そこのところであって、別れた妻も、ようやくにして、今日の心奥では、微笑している。おもしろいものだ。以前は、こっちが眼をつりあがらせていたため、向うは、こっちへ顔もむけなかった。顔をむけもせぬ女がどうして描けようか。いっておくが、心象のことをいっている。こっちの信のありようの変化をいっているのである。

私は、近松秋江の別れた女を描いた『黒髪』ほか四部作を、日本文学における男女のことを書いた古典的作品として傾倒している。なぜ、それほど心を打たれるかといえば、相手の女を信じ、男主人公を信じた作家の、のめりこみのゆるがしがたい深さにある。愛憎の修羅地獄に、光が一条さしてくるのは、あれは作家の心だろう。あの霜こおる宵の孤独歩きほど、私らの心を打つものはない。私らはといってわるければ、私は、こんな先輩の古典をもちながら、はなはだぞんざいに、別れた妻に筆を染めてしまった。そうして、当分、これはこれでそっとしておこうと考えているのである。

私のこの小説を書いたころは、多作を強いられた時代だった。強いられたということばも甘えてきこえていやだが、ふりかえって、この『凍てる庭』のころは、ずいぶんと他の雑誌にも書いていて、大切な人生的体験を、うす手の作品でしめくくった。悔いは死ぬまでつきぬながら、帳消しにしておいて死にたいという思いもじつはあって、これを書いていても、遠くでふつふつと野心が湧いてくる。

「冥府の月」「桜守」

『冥府の月』（昭和四十八年四月、「文芸展望」）は父がモデルである。父は、昭和四十五年九月二十五日、満八十四歳で、若狭の村で死亡したが、死の前後から、父に対する私の気持が変ってゆくのを認めずにはいられなかった。作中にも書いたが、私は五人兄弟妹のなかで、もっとも早く生家を出て、京都の禅寺の小僧になった。満十歳の時だった。それからずうっと今日に至るまで、生家でくらすことはなかったのである。それゆえ、父の四十代以後の生活については何も知らない。また四十代以前のことについても、十歳までの記憶だから、知れたものである。だから、父への憶いといったものは、はなはだ複雑であって、いっしょにくらすことのできた他の兄弟妹のように、さまざまな思い出もないのである。ああでもない、こうでもないと、兄弟妹や母の口からきかされて、離れている者のみがもつ、知りたい欲で、聞きかじったことなどを集めた。そうして、父の生涯を慮ってみたにすぎない。

幼少期に父と別れた人は数多いだろう。死別ならなおさらである。私の場合は、父は八十四まで生きていたのだし、また、そのそばに母もいたのだから、人の子として家郷を憶うとき、父と母との姿はいつもあった。そうして、この父母は、出家僧の身になってみると、はなはだ厄介な存在といえた。禅寺には、父代りといってもいい師匠がいたし、その師匠に細君がいれば、この女《ひと》も母代りだった。これはふつうの奉公人でもいえることで、在家での奉公人は、離れた父母に孝養をつくすことが、奉公先での勤労とかさなった。それが生家の躾とよくとけあってあった。盆、正月の帰省を藪入りといって、子らは父母の許に帰って半年の成長を垣間見せることで満足し、再び奉公先へもどるのが習だった。

ここには、柳田國男が名著『明治大正史世相篇』でいったように、貧農の子が、奉公先の利害損得に応じて躾けられてゆき、教育権を放棄した実父母への孝養もそこでかねあわせた事情が、その子らの立身出世主義ともいえる、実直な常民育成の基盤となっていたことを物語るのだが、私の場合は、そうはゆかなかった。貧乏な生家にうまれているのだから、人なみの孝養心も、出世欲も、十歳までにはっきりした形であったといわないが、それに似た覚悟のようなものがあって、たとえ、奉公先が在家でなくて寺であっても、先の、つまり主家の利害に応じて躾けられることを望んで村を出たことは否定できない。しかし、寺は、在家とちがって、父母を捨てさせた。父母への憶いを断ち切ることによって、僧になり得ると教えた。したがって、私には、盆、正月の藪入りはもちろんなくて、京都へきた身内の者が、大っぴらに面会にくるということもゆるされなかった。こういう事情が、私の父母への憶いを複雑にさせている。そのことは、寺の躾への批判の根ともなるのだが、のちに宿った父へのふかい私の離心と愛着というものも、じつは、この寺とのかかわりを除外して考えられない。

父は棺桶や塔婆をつくって、「葬具一式」という看板を掲げてくらした時期があった。昭和初年の不況の頃で、村に家を建てたりする者はなかったので、しぜんとそんななりわいでもしなければ喰えなかったのだった。貧寒地の組織をもたない大工職人などというものは、生活苦を味わうためにえらんだ技術者というに等しい。手がいくら器用でも、金にならないのだ。その父が、盲母をかかえて村で生きる極貧事情は、私たち子らの心根につよくひびいて、年少の出家も当然とあきらめたものだが、しかし、離れてみて、その父への憶いがつのるは、これまた人の子の情である。それを断ち切られ、断ち切らされることへの反感から寺を出てしまった私に、すぐ、それでは在俗生活による父母への孝養が果せたかというと、逆であった。なおさら、めいわくをかける結果になった。そこで、父の態度がますます硬化して、私をどの兄弟妹よりも意地わるく(と私には思われた)見る結果となり、他の兄弟妹のようには、多少の仕送りや援助も、私だけはうけられなかった。父には、僧侶になりきれなかった私への絶望があったのだろう。無理もないはなしだ。棺桶や塔婆をつくりながら、子をつくったのだった。その中の一人ぐらいが、僧になってくれなければ、淋しかったろう。父にはつまり、私を僧にしようとした頃の自我が、いつも還俗した私をみるときに擡げてきて、私が何をしていようが、父をして信じさせなかったものと、私はいまも思っている。

『冥府の月』は、つまり、そういう父と子の関係を書いてみたかったのだが、さて、それがうまくいったかどうか、私にはわからない。しかし、父のことについては、まだまだ私は書かねばならぬことを持っていて、この小説はこれで一つの区切りとはなったが、いろいろ不満な点がないでもない。

『桜守』は、昭和四十三年（九月〜十二月）、「毎日新聞」に連載されたものであるが、これは、民間の桜学者で有名な笹部新太郎翁と会って話をきいたことがヒントになっている。文中、竹部で出てくる人物が、翁をモデルとしているのであるが、じつは、この小説が進行中に、当の笹部翁から再三忠告をうけた。というのは、主人公弥吉への作者の傾斜が気にくわぬといわれるのだった。正直なところ困った。もちろん、私は、翁の桜への愛情や、事実あった御母衣の老桜移植事業などにも、ふかい関心をしめして、これを物語の軸にしたのだったが、登場する人物が職人では、翁も不快だっていた。しかしこのことは、ゆずれなかった。というのは、翁にしても、いくら老桜の枯死に思いをかけられて、その移植に踏切られたとしても、仕事をしたのは職人だった。桜好きの学者でもあり、素封家でもある翁の世界もよくわかるが、直接手をよごして働く人の中にも、桜好きがいたことを、私は、この小説で描いてみたかったのだった。

よく、私たちは、都市や地方の京都を歩いて、そこに何某のお手植桜なるものを見せられる。寺の開創者の名が出ていることもあるし、旅の僧の名が出ていることもある。殿様の名もある。筆頭は「西行桜」だろう。しかし、名がそうだからといって、私は、その桜が、その人によって植えられたとは思っていない。その人の勧進によって植えられたことはあるにしても、植えたのは一介の植木職人だろう。荘川桜にしてもそうである。高碕達之助氏も、笹部新太郎翁も、みな音頭取りであった。その音頭の下で、黙々と働いた職人がいた。この職人がいなければ、あの史上空前の大移植は完成しまい。その職人たちには、妻もあり、子もあって、人なみの苦楽があったのである。もちろん、高碕氏や笹部翁に、時の世間を敵にしてまでの決意と苦悩がなかったとはいわぬが、手をよごして働いた職人のなかにもそれはあった。そのところを、私は、この小説を通して語りたかった。

じつは、こういう私の思いは、『冥府の月』の主人公、つまり父への憶いとかさなるのを偽れない。父は組織にくみこまれない一介の職人だった。手だけを買われて、旅ばかりしていた時期もあった。いま、父の仕事の大半は、古びた家となってのこっているが、中でも、東京駒込勝林寺と動坂目赤不動には、父の建てた名残りがある。動坂不動は焼失したが、勝林寺の方は健在だ。その姿を見にゆくと、私の眼には、父がわらって道具箱をかついでやってくる。建てられた寺院をみていて、そういう思いをなつかしめるのは、職人の子の特権だろう。荘川桜がいま、あの人工湖岸に咲きさかるのを眺めて、人々は、笹部翁や高碕氏の営為に涙を禁じ得ないかもしれぬが、私は、もう一と組のグループの涙のことを考える。つまり、その桜を植えた職人の子らのことである。毎年、あの老桜の下にきて、肌にふれて泣く人々のなかには、水底に没した村の老若男女がいるとは、新聞の報道だが、しかし、いったい、誰が、あの冒険的な移植をやった、名もない職人の生に思いをふかめたろうか。

私は、『冥府の月』や『桜守』を書いていて、自ずから、自分の歴史観なるものが定着されてゆくことに気づいていた。それは、ひとにぎりの人名によって語られる歴史譚の、いかに皮相にして、浅薄なるかということにもつながるのだった。無名の人のむれを度外視して歴史は語れない。一本の老桜の移植事業の、いかにセンセーショナルで苦労多い出来ごとであったかを知って、そのことに思いをふかめたのである。そういう思いが、『桜守』を書く日々の私の支えだった。

小説を書く楽しみの裏には、そんなこともあっていいと思う。もっとも、楽しみばかりではないことはいうまでもない。実在事件へ空想の人物をまぎれこませて、その現実化に格闘するのは、つらいことだが、しあがった喜びはまたひとしお自分に深い。

「好色」「男色」

性について、もてあましている厄介な問題を、物語ふうに書いてみたい、という欲求は久しくあって、今もこれからの仕事の大事な分野として宿題にしているのだが、『好色』も『男色』も、精一杯にその当時の私の考えを書いたものである。いま読みかえし、当時とはいくらかちがってきている今日の考えもあって、気になりはしたが、書いた当時はこう考えていたのだから、これはこれでいいだろうとも思う。

『好色』(昭和三十九年九月「新潮」)は、私が松戸に住んでいた時代に、川上宗薫氏と交友し、しょっちゅう東京へもいっしょに出たり、夜ふけまで女ばなしに興じて、川上氏が性について蘊蓄をかたむける話に興味をふかめ、自分には自分なりの、これまた隠微といってもいい性への考えがあったことに気づいて、そのことを小説にしてみたのである。

「新潮」に発表したのだが、これを読んだ吉行淳之介さんが、ある一日、何かの会合で顔をあわせた時、文学的には不満、異見もあるが、人間は書けている、といった意味のことをぼそりと私にささやいた。そのとおりの言葉ではないので、たぶん、そういうことだったのだろう、と記憶の根にとどめているのだが、人間がよく書けているといわれて嬉しかった。不満なのは私の性への考え方にもあるらしかったが、場所が場所だったので、くわしい批判はきけなかった。吉行さんの不満は、あるいは、今日、私がひそかに考えている、この小説への不満に通うものではないか、とも思っている。『男色』（昭和四十二年四月〜六月「話の特集」）も、やはり私自身の経験を多少どころでなく、まぶしこんでいる作品である。私は、十歳で禅門に入ったので、正直なところをいえば、性への目ざめは寺院でだった。寺院には、一人のだいこくをもつ和尚がいて、そのほかは性を禁じられた小僧たちである。つまり、和尚だけが性を満喫していて、年ごろになってニキビのふき出た小僧たちは、持戒のきびしい修行を強いられていた。持戒がきびしければ、当然、破戒への欲求が、比例して埋れ火となるのは人間であって、私はこの物語に書いたように、兄弟子連中から毎晩のように夜伽を強いられている。強いられている、というとこっちがまるきり被害者のようにきこえるが、じつは、こっちにも、そういう性への好奇心は充分芽ばえていて、夜がかさなるごとに、こっちからそれを望むような気持にもなっていた。もとより、この性は、女性を相手としない。女性を遠くに想定しておいて、手近の同性（弟子連中）で間にあわせる倒錯した性行為だったが、弟子の中には、そういう世界を嫌う者も当然いて、誰もがというわけではなかった。まことに、性は、その人固有のものらしくて、子供の頃からすでにやり方というものがあるのだろう。私は、年少のくせに、兄弟子にかわいがられて悦に入った。また、この隠微な性は、夜の行為ながら、翌日の昼に格別な作用をもたらして、作務や食事のさいには、他の小僧よりは、兄弟子から、特別扱いされる恩典も生じて、これを内心嬉しく思う、つまり子供ながらも、そういう打算が働いての性への背のびをやっていたことを偽れない。はなはだ複雑な心理であるが、小説でもふれているように、倒錯した性は、異常な家庭環境、貧困、劣等感、衰弱などといった境遇も作用する、という考えは今もある。しめった日陰にカビが生えたり、妙な花が咲いていたりするものだが、それに似ている。禅寺で、あのはしかのように襲った夜伽ブームは、私の人生にとって、やはりわすれることのできない性への目ざめの日々だった。

　そういうことがあったせいで、のち青年、壮年となって、女性に対する性意識は、当然、自然に発育し、成熟もしたと思うのだが、その意識に並行して、同性に対する性意識も皆無だったかというとそうでもなかった。私は私なりに、人にはいえないことだが、身辺のどの男性に対しても、性的なある好悪の情を走らせてきた。この根はやはり、禅寺の夜々に、兄弟子連中の顔をよりわけた気持の流れだろう。馬鹿なことをしたものだとも思うが、といって、もうそれはしてしまって、私の心根につよくねばりついてしまったことなので、消しゴムで消せるようなものでもない。人の生に、性がいかに大切であり、その尋常と異常との区分けといっても、これは、はなはだ区分けしにくい、個性的なものだと思う。「悦び」というものは、つまり、元来がその人についてまわるほかはないのである。

人の業を描く小説が、この分野に憂き身をやつしても、やつしきれぬ深い世界をもつ所以はそこにある。私はポルノ小説を書いたことはないし、また、そうたくさんポルノ小説を読んだこともないが、性を描いても、その人なりの悦びや悲しみが深くかさなっている作品に出あえば、珍重する方である。先に、この分野でも、宿題をもっているといった意味は、そういう小説をさしている。

禅宗寺での持戒生活が、私にとっては性の目ざめの季節であり、戒律が人間の自然な営為を、どうがんじがらめに縛っても、澄んだ性を歪めこそすれ、絶ち切ることなどできないことを体験したので、世にいうところの儒教的な倫理観から、または宗教的な不浄観から、性がはなはだ軽んじられ、よごれたものと断じられることには、あらがいたい気持が昔からある。金襴の袈裟をまとって、敷瓦の僧堂に坐禅する名僧も、股ぐらににじむ性の汗は如何ともしがたいのは常識であって、そもそも、自然なる性を、歪める倫理や不浄意識の出所は、インポテンツの病僧がとりうる自己確立にほかならない。これの方が逆行だとする意識が私にはつよい。

私の育った相国寺塔頭の老僧は、年も相当ひらきをもった愛妻をもっていて、子もなしたが、その愛妻を、めったに玄関へ出したことがなく、子のおむつや、愛妻の下着の干し物などは、人眼のつかぬ北側窓にたらして、まるで庫裡の奥に閉じこめたかのようにして、同棲していた。これは、まともな感覚からすれば異常であって、子供ごころに、どうして、こんなにまで世間に遠慮して妻をもたねばならぬのか、と不思議に思われたが、大人になった今日では、老僧の性は、そういうふうに女をかくし妻とする形態にこそ悦びがあって、あれはあれで、また、その人なりの性悦を堪能しておられたものかとふりかえっている。何も、妻を大っぴらに外へ出すばかりがいいわけでもない。人によって好みがあっていいのだと思う。

だが、そういう大乗的な見解は抱けても、どこかにひっかかるものはあった。北側窓に干し物を干してはかわかぬということだった。干し物はやはり南向きがいい。陽に干すのが目的だから。和尚はしかし、それを、宗門の倫理観から、北窓へ干すべしと愛妻に強制した。このあたり、歪んだものが感じられたまま、今日もそれをひきずっていることを告白しておく。

いずれにしても、十歳で出家してからの私が見てきた禅寺生活は、性的にも、はなはだ特異だったことは認めねばならない。特異な育ち方をしたから、何もこれを普遍化する必要はないのだが、いえることは、禅が、もっとも好色世界と通じていたということであった。まったく宗派としては大きなひらきのある真宗などでは、細君はだいこくとして、寺の座を認められていて、住職は共同して寺院経営に当るが、禅派はそれがまだ暦も浅い。私の知るところでは、明治初期に、禅寺での妻帯は認められたものの、それが津々浦々に及ぶのは昭和に入ってからで、いまだに妻帯を悪徳とする禅僧は巷にみちている。それらの僧たちに訊いてみたいが、あなたは、それでは、自然なる性を、どのように処理しているのか。禅はあらゆる執着を絶つ境涯である。妻をもたぬことも自由の一つだが、妻をもってはいけないとすることにも執着しては禅は逃げる。ここらあたりの消息を、しっかりと私たちに教えた人はまれだが、このことは、『雁の寺』を書いて『一休』にいたった私の大きな主題でもあった。『雁の寺』の慈海には、『一休』での一休が実践した自由なる性の美しさはなかった。一休は、仮りの世の地獄を、仮りの姿で生きるのだと法語でいっているが、仮りの世ならばこそ自然に生きえたのである。その性も、女犯も、あからさまだった。性の悦びを、あれほど率直にうたった禅僧は史上稀有なのである。

こんなことをいっても、私はまだまだ私自身の性について、ふかく覗きこんで、これを小説に開花させた作品を生んでいない。吉行さんが、『好色』を読んで、人間は書けているが……と、あとの不満を言外に託した日を明快に記憶していると書いたが、いつか私だけの性の悦びを、花にしてみたいと思う。

「蓑笠の人」「越前一乗谷」

『蓑笠の人』は、昭和四十九年六月の「別冊文藝春秋」に発表した。

良寛和尚のことは、これまでいろいろな本を読んで関心をふかめてきた。なかでも、東郷豊治氏の『新修良寛』『良寛全集』は愛読した。また西郡久吾氏の『北越偉人沙門良寛全伝』も興味深かった。吉野秀雄氏の『良寛和尚とその歌』もおもしろかった。関心の最大は、この人の一所不住の乞食に徹した生涯である。和尚自身も、禅僧は行乞をもって最も尊しとするといい、伽藍に固執する僧たちを痛罵するところがあった。いってみれば、京都や鎌倉に見られた権力仏教、文化禅などに背をむけ、したたかな清貧孤独の行実に徹した人である。しかし、清貧といっても、行乞は耕さずして食うのだから、百姓の収穫した米麦を貰って暮すのである。飢饉の時はどうしてしのいだか。百姓さえ食えなかった年まわりは、餓死寸前だったろうに、乞食が第一等の生活なら、第一番に死なねばならない。ところがこの和尚は、長寿の部類に入る天寿を全うして、「うらをみせ、おもてをみせて散るもみぢ」とうたって死なれた由である。弟子もとらず、経もよまず、法も説かず、大愚と号した生涯は、まこと乞食三昧だったにしても、いったいこの人に誰が食をはこんだのだろう。越後は米どころだから、多数の信者がいて、やはり蔭で尽力を惜しまなかった人はいたのだろうと了解はしてきたが、越後を旅するごとに、このことへの思いはふかまった。和尚の生誕地近在の郷土史を繙くと、和尚在世時は飢饉つづきで、一揆さえ起きていることがわかる。一揆は、もとより、米をつくる百姓が貢米の苛酷に泣いて、多少の削減を願い出る民衆行動である。餓死、首つり、村ばなれの続出する地獄には、雀にくれてやる米なんかありはしない。この時代に、良寛和尚は、破れ庵に起居して飢え死もせず何を考えていたのだろう。宗門人別帳を握り、過去帳に階級戒名をつける、役人化した僧の氾濫する寺をどう思っていたろう。そこのところがこの小説の意図された理由である。

水呑弥三郎は私の創作である。『柿崎町史』『中の島村史』に飢饉時の詳細な事例が出ていて、一揆の主謀者と代表が断罪・流罪になったことが記されていた。八丈島へも送られた百姓がいた。私は、小作人弥三郎を、その一揆の一味に参加させて、佐渡へ流罪とし、金掘り人夫として働かせ、刑期満了で故郷へ帰らせてみた。故郷は荒れていて、家もなかった。妻もどこかへ再婚していた。孤独な百姓の眼から、行乞の僧良寛はどう見えただろうか。そういうもう一つの視線があってこそ、行乞清貧の和尚の足もとがしっかりとあぶり出せるかもしれぬ、と考えた。無謀な企みといえる。

文中にも出したが、私は石見の下駄職人浅原才市のことを頭にうかべていた。この人は妙好人である。乞食ではない。人の履く下駄をつくって生涯を閉じた。仕事場のカンナ屑に、筆書きで自分の境地を書き、六十冊の清書帳をのこした。詩でも歌でもない、こんなつぶやきである。

さいちやい
へ
たりきじりきをきかせんかい
へ
他力自力わありません
ただいただくばかり

もとよりこの人は真宗の同行である。俗人である。よく働いている。石見温泉津《ゆのつ》の生家や、下駄をつくった店跡や、晩年の家なども見てきているが、もっとも底辺に生きて、誰からも物を貰わずに働きに働いて、八十三歳の生涯を閉じている。この人の境涯を、私は弥三郎にも、良寛にもかさねてみた。気の毒なのは佐渡の金掘りで、肺を黒くして帰ってきている男の晩年だ。私は彼を故郷の土の上で立亡させることで、この小説を閉じているが、人の作ったものを貰うべく歩いた良寛を、それで批判したわけでもない。そういう立亡者のいただろう時代を、良寛の行乞生活に照らしあわせてみたかったのである。

高僧伝はえてして、その行実の高邁宣揚に筆が勇みすぎる。足下の事情を踏まえずに、教条主義となりやすい。「良寛伝」にも多少この趣きの濃いものがある。高邁化するためのつくり話も多いのである。良寛の脚下を照らすのは、彼自身がのこした書簡だろう。その書簡集めの鬼ともいえる谷川敏朗氏の著『良寛書簡集』はおもしろかった。良寛書簡の発表は、この人の著が最初ではないが、その解説に妙味があって、啓発もされた。

この小説を読んだ人で、作者が良寛を批判している云々の意味の批評があった。批判は目的ではなかった。その人の足もとを見つめれば当然そういうことになる。高僧としてあがめておればいいものを、足もとをえぐるとは何ごとかとの説らしいが、私の良寛和尚を尊敬する心はいまもかわらない。こんな禅僧はめずらしい。その境涯は、才市の境涯にも近い。禅僧が民衆の中へ降り立てば、こういう姿になるしかないだろう。そこのところに関心をふかめている。民衆を拒絶した五山の一角で小僧をしていた経験もあるので、越後の片田舎で生きて死んだ人にあこがれるのである。

良寛は越後人である。だが、越後を旅していると、このような童心で天衣無縫の人にめぐりあうことは少ない。雪もふかい、風もつよい土地柄であるから、多少は頑固で、風変りな人もいるが、こんなに底のぬけた、物のほしくない人は未聞である。私は、そこで、この良寛の精神といったようなものは、じつは越後の寒冷地で育ったものではなくて、玉島の円通寺において育ったのではないか、と思ってきた。もとより人は、その精神を、生誕の地における人格形成期で、あらかたためてしまうといわれるが、和尚の場合は、百姓ではなく名主の長男だし、生活も上の部だった。ところが、十八歳で出家、ある日とつぜん、玉島へ行ってしまう。そこで長い修行である。玉島の円通寺は気候温暖の丘陵の上にあって、瀬戸内ののどかなけしきも眺められる絶佳の寺である。私は二どばかりこの地に佇んでみたが、越後とちがった風土を感じた。のどかなところで修行した人の境地のことを考えた。国仙和尚の伝記は殆どないが、この師匠も、良寛に魂をあたえた人だろう。印可をやるときの詩をみてもわかるし、一本の杖を山から伐ってきてくれてやる心境も、のちの良寛の行乞生活を暗示する。いい師匠と、いい土地柄で、和尚は任運の心をやしなって、中年すぎてから故郷越後へ帰っている。その行実が、越後人とちがった底ぬけの童心でうめられるのも、玉島の生活が混然するからかもしれぬ。愚見ながら、冬の越後を廻ってそう思った。『越前一乗谷』（昭和四十九年二月〜五十年二月「歴史と人物」）は、『朝倉始末記』をもとにして書いたものである。『朝倉始末記』には類本があって、どっちもおもしろいが、井上鋭夫氏他校訂の岩波書店版（「日本思想大系」17『蓮如・一向一揆』所収）によった。一乗谷に明智光秀が登場するのは、確たる資料があるわけではない。『朝倉始末記』にも、光秀が長居したことは述べられていない。だが、光秀が活躍しないと、『朝倉始末記』は層が薄くなる気がした。それで、この小説は、光秀を狂言廻しにつかったのである。朝倉義景という人は、どういう性格の人だったか、もちろん私にもわからぬが、その肖像や言動からして、こんな人でなかったか、と私なりにさぐりあててみている。

『蓑笠の人』『越前一乗谷』を書いて、歴史小説なるものへの興味をふかくした。「事実」らしいものを資料にあたりながら、架空の人物をそこにまぶしこむ楽しさである。光秀は架空の人ではないが、行実はすべて架空となった。『蓑笠の人』における弥三郎の役目を果してもらったのである。歴史家からみれば、こんな無謀は許せないことだろうが、しかし「事実」のしらべつくされて、歴史がやせ、沼のようにわからなくなってしまっているのを思う時、作家が「事実」から空想を羽ばたかせるのは自由な史観でもある。私に、確たる史観があるわけでもないが、「事実」らしい資料をあたっていながら生ずる空想を、そのまま、そこにおいてみて、やせた「事実」より、ゆたかな真実が出せたらという願いはいまもある。

この試みは、のちの『一休』に到って、殆どその方法を私に固定させたが、『蓑笠の人』にある『越佐草民宝鑑』も、『一休』にある『一休和尚行実譜』も、井上鋭夫氏他校訂による『朝倉始末記』の作者不詳の圧巻に暗示されたところがないでもない。誰が読んでも荒唐無稽と思われる、大袈裟な記述がいっぱいあるこの『朝倉始末記』は、織田体制下で記されたものだけに、一乗谷城主のあれこれははなはだ滑稽的に眺められている。だが、われわれは、この書がなくては、越前の戦国へ没入できぬ。室町時代へも入れぬ。ある「語部《かたりべ》」が、こんなことを誌して死んだに違いないが、その語部の名もしらぬままに、われわれは朝倉の悲哀を教えられる。そうして、いくたの固有名詞がとどめる山河、人物を追想して「歴史」とみるのである。

要するに、歴史とは、それを見るこっちの心だというしかあるまい。これが「事実」だと、一枚の紙をみせられても、瓦をみせられても、ただの紙切れや瓦塊とみる心なら、歴史は向うで口を閉じる。厄介なことである。

人は忘れることで生きてゆく。忘れないように書きのこそうとしても、手が思うとおりうごかなくて、嘘でしめくくる。われわれの「日記」をみれば、いい例証だ。嘘も真も歴史の顔のように思う。

「焚火」「有明物語」「猿籠の牡丹」

『焚火』は、昭和四十七年九月十三日から昭和四十八年三月二十九日までの「日本経済新聞」に掲載した作品である。新聞小説としては、まことに山も川もない作品といえるが、作者ははなはだ気に入っている。もとより空想の話であって、モデルがあるといえばいえそうだが、はっきりした実在人物はいない。だが、読んでもらえばわかるように、そこいらにこういうモデルはいると思われよう。誰もの身辺に、こういう人はいそうだからである。そういうことを念頭において、気軽に私は筆をすすめている。

父親世代と子供世代の対立といえば理屈めくが、「家」にからまる封建体制が崩れて、若者は勝手に家を出てゆくが、じつは家出したにもかかわらず、また、新しい自分の家をつくろうとあせっているのである。そういう若者世代を、久四郎という退職者の主人公に託して歴訪させる趣向は、古い手法ともいえたが、しかし、ありそうな話だから、これは読者の興味も誘って、連載中に、いろいろ反響もあって、読者から何通も手紙をもらっている。身につまされて読む人もいる証だった。

文中に出てくる駐車場における人身事故の事件は、実際に身辺で起きている。考えてみるとおかしな話で、駐車場へ車を入れるべく、指導員の案内で低速でバックしようとしたところ、前輪が指導員の足の甲を踏んでいたというのである。後退する車のうしろにいて轢かれるなら話はわかるが、前輪に轢かれたとすれば、足をつっこまないかぎり甲を踏まれることはあり得ない。また、運転者は、後退の時は、うしろを向いているのが当然で、前方不注意ではない。前方から眼をそらせていなければならぬ時に、その前方で、事故が起きている。しかも、指導員の足を踏んでいたのだ。罰金はもちろんだったし、病院代も一切支払わされて、免許証もとりあげられたとは、その本人の弁であった。交通地獄も、駐車場でこんな奇妙な事件が起きるほど病んできているのだが、この話を聞いて私は厭世的になった。それで、この話を物語へもちこんで、久四郎の感想に託してみたのである。諸所に出てくる文明憎悪、自然郷愁の主人公の感懐は、そのまま作者のものともいえないが、たぶんにかさなるところはあって、私は、あまり理屈が頭を擡げすぎぬように苦労した。しかし、そういう屁理屈をこねて歩く久四郎に愛着を感じている。新聞小説としての成功不成功はわからぬが、私の作品系列のなかでは少しく観念的であって、自分でもおもしろいと思う。愛着の理由は、そんなところかもしれない。モデルとなった越前片山椀の産地河和田町に、このような収入役がいたわけではない。すべて架空である。『有明物語』(昭和三十九年九月「別冊文藝春秋」八九号)は、私の辺境物語の一篇とみてもらえばよいが、すべてこれも絵空事ながら、モデルとなった信州有明村へは探訪にいった。私はかねてから山繭つむぎに関心をふかめていて、自然林の櫟に繭をいとなむ天蚕飼育の苦労話は、まことに、日本ならではの山間支谷のなりわいのおもしろさでもある。また、櫟の新芽にタネをうえつけておいて、葉を喰う虫のはらで育つ蛾のはなしは、まことにおそろしいが、この害虫駆除であけくれる農家の辛労も想像を絶する。

私は、先年、中国を訪れた際に、廖承志中日文化交流協会会長と会談をすることを得たが、談たまたま日本の山峡のなりわいにいたり、この山繭つくりのことを紹介したところ、廖氏は興味ぶかげに聞かれて、中国にも、そういう繭つくりの伝統があることを教えられた。また、農民が空鉄砲で鴉を追い払う話をした時、廖氏は、どうしてその鴉を喰わないのですか、と大笑されたことが頭にこびりついてはなれなかった。なるほどと思ったが、日本では、あまり鴉を喰う人はいないようである。

『猿籠の牡丹』(昭和三十九年七月「オール讀物」)は、やはり辺境物の一篇である。これは、奥美濃の山間地を舞台にしているが、嘗て私は、文学座公演用の脚本『山襞』

を書き下ろす際に、郡上の安久田村を探訪した。舞台は、この山峡に水道をひく事業を中心にすすめられるが、水道という文明が、水をゆたかにすることにおいて、それまで辺境に育っていた風呂貰いや、水分けの連帯をなくして、人心が荒廃してゆくありさまを描いている。この安久田村に想を得て、小説『猿籠の牡丹』を書いた。記憶ははっきりしないが、あるいは、この小説の方が、戯曲よりも早かったかもしれない。いずれにしても、辺境の不便な乗り物「猿籠」が重要な狂言廻しとなる。文学座上演の舞台では、装置家朝倉摂女史が、正面に大胆な枠をつくって、現物どおりの猿籠をとりつけて往還させた。これが見物《みもの》で、杉村春子さんや、北村和夫さんが、こわごわ乗っていたことを思い出すが、まことに、私が奥美濃や十津川の奥の村で見聞した猿籠は、おそろしい乗り物だった。手づくりケーブルカーとでもいっていいかもしれない。人間の乗るのはまことに粗末な籠であって、これに紐をくくりつけておいて、滑車を通して自分で手前へひくと、自分の乗った籠が千丈の谷の上をうごく仕掛けである。吊り橋一本あればわたれるものを、その費用がないために、人々は自分自身で乗り物をつくって、自分でわたったった。

　その谷には美しい南天が生えていた。傾斜面の岩と岩のあいだに実生した南天は、野生的な根を諸方に張って、まるで岩にしがみつくようにみえたが、安久田の人たちは、これを収穫して、都市へ売ったのである。正月花として売ったり華道の家元へ届けるのが仕事だったらしいが、そういう自然の樹木を売りでもしなければ、生活できない貧しい人々だった。だが、いくら貧しくても、谷のけしきは美しくて、遠くから見ると、南天の実は牡丹の花盛りのようにみえた。小説『猿籠の牡丹』は、戯曲『山襞』と内容はちがうけれども、南天を売る女性が登場するところは同じである。この娘役を吉田日出子さんが演じて、まことに可憐だった舞台は、いまも文学座の語り草になっているが、吉田さんが役づくりをする時に、私はひそかに『猿籠の牡丹』を献本したのだった。

私は辺境に生きる人を描くのが好きである。そこに住む人の純朴さも当然だが、純朴のみが興味をそそるわけではない。各物語の主題は、人間劇にほかならない。狭い孤村だからこそ、人間の醜い面も美しい面も露《あらわ》に出てくる。都会のようにごまかしがきかない。人と人の相剋は日常だし、男女の哀楽もまた露骨にあって、物語の豊庫なのである。また辺境のみでは喰えなくて、都会に出て失敗して帰ってくる人、あるいは、他の人は出稼ぎに出ても、辺境を守りぬく人。それぞれの人生があって、一本の南天、一箇の猿籠にからまる感懐は、作家ならずとも、住民のすべてが内にひそめている思いなのである。私は、その猿籠の亡びを描いてみたかったのだった。都市と辺境。憎みあいながらつねに絆をふやしてゆく関係。私自身も、辺境とまではいえぬけれど、若狭の貧家に生れ、少年時から都会へ出たので、辺境を旅すれば、都で故郷を憶った嘗ての日々がかさなって仕方がない。それで、私はなるべく人のゆかぬ山村、海辺の村をさがしてはよく歩いた。その探訪記は『負籠の細道』（昭和四十年六月刊）と題した紀行文集で発表したが、郡上安久田も、信州有明も、その一日の収穫であった。不思議なもので、村落を歩いていて、どこにもないその村固有のなりわいに接すれば、空想が羽ばたいて一篇の物語が出来た。南天、猿籠、山繭がそれをうながしたのである。

ところで、これらの作品を発表した前後から、さらにこの国は都市化の波が山間地を洗った。深山幽谷に高速道が走ると、昔は狸や熊が住んでいた山奥が、白い一本道の通る都会の道に変貌し、トラックや乗用車が疾走しだした。狸や熊も住めなくなった。また、新しいジャングルは、都会の高層ビルの隙間にも生じている。都会へ出ていって、生活闘争に失敗した辺境の若い娘が、故郷へ帰ることもかなわず、コインロッカーに嬰児を投げておいて放浪する話は、もはや物語ではない。日常の三面記事をにぎわしているのである。辺境に住んでおれば、そんな犯罪をおかさなくてもすむものを、都会へ出たために起った悲劇だが、しかし、狐や狸の母だって、いまは山奥の新道へ餌をあさりに出て、車にはねられて死んでいる。都会のロッカーに子供の死体がころがるように、山奥の高速道では、狐の母たちが死んでいる。辺境は、また、もう一つの新しい悲劇を予兆していて、旅もまた、興趣がつきない。

「兵卒の鬃」「冬日の道」「道の花」「草民記一章」「『ぼろんか騒動』の多吉」

『兵卒の鬃』は、昭和四十七年九月の「新潮」に一挙掲載した戦争物語である。私は昭和十九年に東京から疎開して郷里の青葉山中腹の高野分教場で助教をしていたが、同年五月二日に応召、京都の伏見深草にあった中部第四十三部隊輜重輓馬隊教育班で輓馬訓練をうけた。その年夏、多数の仲間が前線に出発、消息を絶ったに反し、私と少数の者は帰郷地待機の形で次の指示を待っていたところ、翌年八月十五日の敗戦により、無事命拾いをするを得た。輓馬隊は、昔の輜重輸卒である。この兵科がもし一人前の兵隊といわれるなら、「蝶やトンボも鳥のうち」と歌にまでなっていた日本陸軍の最下層の兵科であった。いわゆる「調練」のゆきとどかぬ新馬を守《も》りする兵であって、その生活は「馬」にも比して落ちる悲惨なものである。この事情を、ほとんど事実どおりに、実在の友人、知人を仮名で登場させ、当時のメモ、日記帳をもとに、小説に仕立ててみたものだが、気にいった作品の一つになった。

考えてみると「輜重輸卒」の記録というようなものは、明治建軍後、この国の文学にはもちろん、あらゆる戦記物にも、ほとんど無かったといってよい。これには理由があって、もともとこの兵科は、体軀の劣等な男子に課せられた、昇進のあり得ない兵科だから、明治期においては、貧農の、文盲に近いもっとも劣弱な次男、三男が狩り出されている。そして、たとえば、歩兵、騎兵などのように、現役二年乃至は三年の入隊期間ではなく、長くて約三ヵ月で除隊してくるので、除隊後にその隊内体験を文章で発表するというような人物の出現が無かった事情によるのである。かりに文盲男子でなくても、その体験があまりに悲惨である場合は、人にも語りたがらないものである。私の知る限りでは、輜重輸卒体験を経た文士も数人いるはずであるが、そのほとんどが、戦後になって、その軍隊体験のありようを詳記してくれなかった。文士もまた、思いおこすことから逃げたものとみてよい。まことに、輜重輸卒は、滑稽きわまる生活を強いられる、馬とともにくらす日常なので、そんな生活を小説にしてみても、世間では馬鹿にして読んでもくれなかったろうことは想像される。戦記物は何といっても騎兵、歩兵、航空兵にかぎられており、小説も『肉弾三勇士』『敵中横断三百里』にみるごとく、歩兵でも将校でないと物語の主人公とはなり得ない。いつまで働いていても、星一つしか昇進せぬ輸卒の生活など、書いてみても笑われる時代がながくつづいていて、輜重輸卒の物語など当然ながら日本の戦史では黙殺されてきたといって過言ではない。それに気づいた私は、多少の悲憤慷慨癖もあって、「新潮」誌からコクのあるものをとの依頼をうけたとき、この材料を筐底からひき出して求めに応じたのである。

　もっともこれには、前ばなしがあった。この作品に手をつける十年ほど前、私は大江健三郎氏と東北地方を講演旅行し、一夜、食事のおりに軍隊経験をはなしたところ、氏は私の馬卒体験に異常な関心を示し、「なぜそれを書かれないのか」と氏特有のいんぎんさで私を叱咤された。私はその夜の氏の眼のいろがわすれられず、ひそかに用意するところがあったのだが、それは十年たって実現したものである。書き終ってみて、大江氏に満足を得てもらえる出来ばえになったかどうかあやしいが、この作品への評価はかなり高く、時評家もほめてくれ、単行本になると、さらに各新聞の書評家にとりあげられ、阿部昭氏から激賞してもらった記憶が、いまも鮮明にのこっている。はじめて公開された輜重輸卒の内務班生活は、人々にすれば興味のあることだったにちがいない。私はこれで、宿題になっていた戦争体験の空白を文学的に埋め得た喜びをもった。

　さらに私は、この体験を、事実どおりの小説にしただけでは満足し得なかったので、『馬よ花野に眠るべし』という、馬卒体験をもとにしながらも、空想を羽ばたかせて、敗戦後除隊した一馬卒の、馬とともに帰郷してくらす短い生涯の物語化を思いたっている。もちろん架空のことながら、調査もして、似たような兵士の生きこしを人からきき、この物語にちりばめてみたが、思えば、馬一頭を頂戴して除隊した兵士は、幸福だったといわねばならない。敗戦のドサクサに、毛布や軍靴の余分を頂戴して帰郷した兵はいても、馬一頭は、大きな土産物にちがいなかった。しかし、土産物としても、当時は食糧難の時代だから、殺さずに生かす苦労はなみたいていでなく、除隊後の守《も》りは、軍隊時代よりも深刻だったはずである。この作品も、かなり好評を得て、私の馬卒物二部作の一作となった。こまかいことは84～86頁に書いた通りである。

『冬日の道』は、私が二十一歳で上京して、文学青年時代をすごした昭和十年代から、戦後にいたるまでを、回想的文章にしたもので、「東京新聞」に連載（昭和四十四年十月～十二月）した。地方から出てきて、才能もなく、文壇の外まわりをうろついていたこの時代の貧乏生活は、いまから思うと貴重な私の根雪時代といえるのだけれど、正直、まだまだ書いていないこともあって、これだけでは不満な思いもある。掲載紙が新聞だったために、自然と簡略化せざるを得なかったことにもあるが、たとえば、女性問題や、女性とのあいだに出来た子のことなどについては、小説ならともかく、切りこみの浅い回想記となった恨みが濃い。読みかえしてみて、その悔いがふかく、いずれ、この当時の再発掘をと心がけている。

『道の花』は「婦人之友」に昭和五十年一月から約二年間（〜昭和五十一年十月）連載したものである。はじめ「草と石ころ」と題していたが、新潮社から刊行の際に「道の花」とした。ありふれた道ばたの花という意であって、主人公お民への私の思いである。この作品はほとんど空想だが、お民の性格や、その生活のありようは、私の実母をモデルとしている。母はこの通りの女ではないけれど、たぶんにこういった性格であって、地味な生活を尊んで、死ぬまで若狭の辺境からはなれなかった。生まれたせまい土地を死ぬところときめて、そこに安住の心根をつないでいた。苦労の多い人生だったにもかかわらず、その土地を捨てることは出来なかったのである。

『草民記一章』（昭和五十年二月「小説新潮」）は、私が地方を旅行して聞書きしたことのメモから、これも空想して、一篇の人生記録として発表したものだが、『道の花』と同じように、名もない草民の生にひかれる私の気質の一面といえばすむ。だが、この短篇には、私はなみでない愛着をもっていて、今後さらに、こうした片隅の地方人の、頑固で格別な生き方をした人物の話に執着してゆきたい。日本海辺だけでなく、北海道でも、青森でもよく聞く話だが、辺境にあればあるほど、そこに生きる人のなりわいには、そこの風土とかかわるめずらしい生きざまがあって、その行実記録をのこしておきたいと思わせる人物によくめぐりあうのである。『とりとり彦吉』もその一人だが、私は、このほかに『てんぐさお峯』『穴掘り又助』『鯉とり文左』などといった題名で、同じような常民の聞書きを物語化している。『「ぼろんか騒動」の多吉』（昭和四十九年二月「オール讀物」）もこの系列に入るもので、この種の文章をのちにまとめたのが『てんぐさお峯—草民記（一）』（昭和五十四年四月刊）である。

『道の花』にも、『草民記一章』にも、「丹後若狭草民宝鑑」という書物が出てくる。これは、たしかに私が聞書きしたところのメモであるが、ある人物については、その地方の名もない人の手になるガリ版刷りの小冊子になっているようなものもあって、これらを綜合して、このような書名に代表させている。そのために、同名の書物を所望されても実在しないといっておく。私の筐底にある無数のメモや、表紙もとれたガリ版小冊子が、「草民記」の本体である。これからも、地方を旅する時には、この目的をもって出かけるつもりであるが、考えてみると、旅行というものは、やはり、こうした人とのめぐりあいが楽しいのであって、風景、つまり山河風物が美しかったり、かなしかったりしてみえるのも、そうした人物を配置してこそ、私のこころがうごくものと思う。人がいて、そこに山河が語りかけてくる。人はどうかしらぬが、このごろになって、この思いがふかく自分をとらえている。

「宇野浩二伝」

『宇野浩二伝』は、昭和四十五年春から、書下し作品として中央公論社から出版するつもりで書きすすめていたものである。初版本「あとがき」にも書いたが、同社から刊行された『宇野浩二全集』全十二巻の月報に、私は「宇野文学の跡をたずねて」という題で、宇野先生の小説に登場する土地を歩いて、随想風な文章を載せていた。生誕地の福岡から、幼時をすごされた大阪宗右衛門町、大和根成柿、東京にきて本郷西片町、森川町と、七十年の生涯の転居先はもちろん、旅行好きでもあった先生が、旅先で女性と交際された話も数多かったので、信州上諏訪、横須賀、湯河原まで、先生の曽遊の地を歴訪して、当時のことをおぼえている人や、作品にも登場してくる女性などに逢い、実生活といわゆる先生の作品の間にある虚実の膜について思いをふかめていた時、「伝」を書きたいな、と思うにいたっていた。

もとよりそれは至難の業であって、私流の勝手な解釈で書きすすめたにすぎないのだが、書いているうちに、宇野浩二という人の複雑な性格にはなはだ興味も増してきた。初期文学作品は、先生独自の流暢な語りで、一見暢気には読めるものの、じつは早くから父母と別れ、親戚の家で育てられた先生が、早稲田大学へ入学される頃から生活も苦しくなり、お母さんの世話もしなければならない事情もあったところへ、同棲した女がヒステリーだったなど、どこを一つとりあげても先生の苦渋にみちた生の裏返しというほかはない。ようやく文壇に出て、作家生活が出来るようになっても、女性問題のごたごたのない日とてなく、妻には子はないが、恋人には子がいて、さらにもう一人恋人が出来るというふうに、先生の女好きが因での苦の世界がくりひろげられる。調べてみると、先生という人は、いっときとて、平穏無事な家庭の幸福など味わっておられなかったことがわかった。さらに三十三歳に至って知恵おくれの兄の同居、三年後の先生自身の精神病院入院、かかずらわった女性は誰ひとり手が切れておらず、まことに修羅地獄である。こんな体験を、先生は独得の「私小説」に開花させた。虚実ないまぜて面白い小説とされたのだが、「伝」はつまり、この風変りで、寂寥の人でもあった宇野浩二という人の追跡にあった。

はじめ、私は六百枚ぐらいで完結するか、と思いながら書きすすめていた。ところが、三百枚書いても、先生の大阪生活も半ばぐらいにしかこなかった。これでは千枚はこえよう。とにかく、版元と書下しを約束したのだから、書きすすめねばならない。「海」編集部から冒頭三百枚を見せてくれぬかといってきたのは、五百枚ぐらいの下書きが出来ていたころである。記者は三百枚を懐に社へ帰るとすぐ、八月号の「海」に掲載したい、ついては、次回も三百枚ぐらい掲載して、本作品は完結まで「海」で発表してほしい、といってきた。これは困ったことになったと思った。書きながら調査もしていたし、旅行もしなければならなかった。また、宇野先生については、「交友録」を書いておられる友人作家も多かったし、大正文学研究家が「宇野浩二論」ともいうべき文章も発表しておられた。そうした随想文、論文もよんで事実を拾いださねばならぬ上に、大阪時代の友人だった人々も高齢で、取材も手間がかかる。連載を約束すれば、いきおいこの取材もつめねばならぬし、書下しのつもりののんべんだらりとした捗りでは編集部にめいわくをかけることになりかねない。そこで思案していたのだが、編集部はこっちのおもわくなど度外視して、第一回を載せてしまった。腹をきめねばならなくなった。「海」はもとより文芸雑誌であるから、小説や評論が大半を占めている。そういう雑誌へ、まったく先の見えぬ、まだ海のものとも山のものともわからぬ評伝的文章を、三百枚も掲載してくれる。おそらくこんなことはこれまでの文芸雑誌にも見られなかったし、「海」としてもはじめてのことで、かなりな冒険といえた。

ところがこの第一部を読まれた時評家は、こぞって、というと変ないいまわしになるが、どの新聞・雑誌の担当評家も、激賞に近いことばで声援して下さったのだった。やっぱり三百枚を世に問うてみてよかったのか。それまでなかった自信のようなものが出てきて、私は軽井沢の山小舎に籠って、修羅のように書きすすめた。第二部は十二月号で三百枚、第三部は翌年の三月号で二百五十枚、第四部は五月号で二百五十枚、第五部は七月号で二百五十枚、第六部は九月号で三百三十枚。約二年間、私はこの作品と取っ組みあってすごした。完了した時は感慨無量だった。中央公論社は、さっそく、これを単行本にしたいといってきた。そこで、私は、発表原稿にさらに手入れした。雑誌掲載中、読者からいろいろの誤謬や私の思いちがいの指摘をうける一方で、新しい事実を教えて下さる人もいたからだった。それを取捨して書き加えると枚数はさらにふえて、全篇千七百枚となった。上下二冊本になって刊行をみた時（昭和四十六年十月〜十一月）、やみくもに登りつめてきた山のかたちが、こんな姿になっていたことをあらたな感懐でながめた。

評家の中には、後半の、つまり先生の晩年にかかわる文章がもう少しくわしければという人があった。当然のことと思われる。私はそのことに気づいていた。だが、発表したような形でいまのところは完結しておきたいと思ったのだ。というのは、私自身が、先生の晩年に出入りしていて、先生の森川町でのご様子をみていたし、また、先生自身から、いろいろとお話も承っていたのだ。そういうことを書けば、なるほど、晩年のご様子はくわしくはなろうが、私にはそれは客観性が欠けることのようにも思われた。先生は、誰にでも自身のことをしゃべったりする人ではなかった。また、訪問客は玄関であしらわれて、書斎へ通されるというようなことはまれであって、したがって、私のように、ある時は家の者同然に奥へ通れた者へは、先生ご自身が、垣根をはずした物言いで、何やかや仰言ることも少なくなかった。それらのことばに、あるいは行実に、不用意なことはあるはずもないと思えたにしても、私だけがきいたこと、私だけが見たことを、急に先生の晩年に至って手柄顔に書きつづけることに、多少の控え目を意識していた。それは、私のなかの節度といってもいいし、私だけがきいていることのなかには、あるいはききちがいや、臆測が作用して、先生の真実をあやまりつたえる懸念がなしとしない。そのことを恐れたのである。だが、それにしてもだが、もう少し、先生の晩年に筆をついやしてもよかったのではないか、という気もしたが。

いずれにしても、私は、自分で調査し、メモしてきたことや、先生の許にいた日ごろ、先生ご自身からきいたことなどの思い出のすべてを、ここに書いているとはいえない。作品というものはおかしなもので、書いている最中に思い出してそれがうまく書けたり、書いている時には、まったく思い出せなくて、活字になってから、ああ、あんなことがあった、あれをここで書けば、先生の性格がもっと出たのに、といったようなことがままあった。そうして、それを考えついた翌日には、もうわすれてしまっているといったようなこともあった。したがって、作品にも出さなかった調査メモや、先生の言行録については、私はそのまま、今日も机のよこの筐においているのである。

宇野先生という人は、まことにとつとつとではあったが、話上手であった。相手が興味をもっていようといなかろうと、はなしはじめると、切れ目がなかった。むっつりとされているようでも、話はちゃんとあった人なのである。文学の話、友人の話、世の中の話、戦争の話、いろいろある。しかし、これは先にも書いたように、先生ご自身、その時、その時の雰囲気に応じて、ユーモアたっぷりにはなされることなどが多くて、聞いたことがそのまま活字になれば、相手方にもすまぬようなことが出てきたりする。また、先生ご自身も、そういうことをしょっちゅう仰言りながら、自作には、そんなことをカケラも出されていない。私が、何もかも、見聞したことを披露するのをさし控えたのは、つまり、先生のこのような、文章をなす時の節度について思いをふかめたからにほかならぬ。より人間を出すためには、そういう一面もあえて書いておかねばと思いながら、私は割愛している。その割愛しぶりが、評家には物足りなかったのではないか。そう思う。

『宇野浩二伝』は、いずれにしても、そのような筐底メモをいくつも残しながら完結している。私にとって、この作品は、いったん、この形で完了しているが、あるいは、もう少し時間がたってみれば、筐底のそれをも、いくらか小出しにして、もう少し宇野先生という人の後半生の実生活の不思議さを書いておきたいという思いもある。

「古河力作の生涯」「鶴の来る町」

『古河力作の生涯』は、昭和四十七年一月から昭和四十八年六月まで「太陽」に連載し、十一月に平凡社から刊行したものである。私は、ながいあいだ古河力作さんのことを考えてきていて、いつかこの人の死について書かねばと思っていたが、如何せん資料がなかった。大逆事件について幸徳秋水、管野スガ、大石誠之助、森近運平などについては伝記もあった。古河力作のことは、それらのどの本にも出てきたが、本の主人公とかかわった当時のことしか出てこないし、そのおいたちや、性格、生活事情などについてくわしく説明してくれる本はないのだった。私の知るかぎりでは、神崎清氏の『革命伝説』第四巻「十二箇の棺桶」に、簡略な伝があるくらいだ。私は不満だった。それで、故郷若狭へ帰るたびに、力作さんの生れ育った西津を逍遙した。墓をさがして、ようやく青井山妙徳寺の三島家墓地に立った時は、感動した。

力作さんは、私と同じように少年時に故郷を出て、京都へ行っている。そうしてのち神戸、東京と転じて、事件に連座するまでは花つくりの園丁だった。ときけば、生誕地に墓所をもつ力作さんと同じ若狭に生れた私は、ことさら不思議な力作さんの生涯に興味がわいた。いったい、花つくりの園丁がどうして、そんな大それた事件に組みこまれることになったのだろう。いまふうにいえば、大学へもゆかず、丁稚奉公だった人が、どうして、幸徳やスガなどの思想家と交際するようになったか。東京に出てからの生活をくわしく知りたいな、と思った。ひまがあると、滝野川あたりも歩いた。力作さんとかかわった人たちの名簿などもつくったりした。

平凡社から私のところへくる記者は吉浜勝利さんだった。ある日、何げない折に、吉浜さんが、「ぼく古河力作さんの弟さんを知っていますよ」といった。「若狭の人ですね」ともいった。私は、力作さんに弟さんがいたことは神崎さんの本で知っていたが、ご存命だとわかって、大いに力がわいた。さっそく吉浜さんを通じて古河三樹松さんに会った。力作さんを偲ばせる小軀の人だった。私は、三樹松さんから話をうかがっているうちに、この兄弟の薄幸な絆のことが思われて眼頭がうるんだ。私は、三樹松さんから「あなたがお書きになるなら、自分のもっている資料を提供します」といわれて驚喜した。さっそく執筆にとりかかった。平凡社発行の「太陽」に連載された理由は、吉浜さんがこの雑誌にいたからだった。いまから思えば、大逆事件連座者の伝記を掲載させてもらえるような雑誌ではなかった。いや、私はそう思っていたのだが、掲載ときまった。すべて吉浜さんの情熱である。

私は、三樹松さんの紹介で、森長英三郎氏や添田知道氏にも会えた。力作さんの少年時の豆手帖、獄舎にさし入れされていた聖書、獄舎から若狭へおくられた書簡などが残っていて、力作さんの直筆を見ていると、その几帳面さや、小軀ながら豪胆をよそおう性情ものぞかれて、興味はつのった。また、私は、当時、市ケ谷監獄で看守をしておられた菅野丈右衛門氏にも会えた。この方は、管野スガの処刑に立ち会われた唯一の生き残り証人であり、もちろん、力作さんを最後に見た人の一人だ。さらに私は、古河滋さんにも会えた。神戸奉公時代に、力作さんを花屋へ世話をした古河融吉さんのご子息である。

「太陽」に連載されると、思いのほか反響があって、読者から手紙がきた。その中には、資料をもっているからぜひ参考にといった人もあった。まちがっているところの指摘もあった。私は、読者の一人一人と対話するような気持で筆をすすめていった。

単行本になってみると、これまた思いのほかの好評だった。各新聞で批評家がとりあげて下さって、埋れていた人を発掘した情熱が買われたように思えた。三樹松さんからもよろこばれた。

私は、この仕事を通じて、「明治」という時代をあらためて考えさせられた。とりわけ、日本の資本主義創生についてふかく学ぶところがあった。もちろん、色川大吉氏や、神崎氏らの著書によって啓発されたものにほかならないが、力作さんのような無名で、しかも園丁奉公しているような人間にまでふりかかった時代の波といったもののことを考えさせられた。本の「あとがき」にも書いたが、私はあまり天下国家を論ずるようなことを好まない。大きな口をたたくことを好まない。だが、天下国家の片隅で、天下国家のために気の毒な目に出会っている人のことには関心がわく。その人のことを語るには高声になる。そういう自分の癖を知っているから、筆にする時は気をつけて、おさえにおさえたつもりだが、さて、うまくいったかどうか。取材その他に苦労もしたので、私の作品のなかでは、まれにみる真面目なものだと自負している。

『鶴の来る町』は、昭和三十八年九月から翌年六月まで、四回にわたって「別冊文藝春秋」に発表し、同社から昭和四十年二月に刊行した作品である。

蜂飼い人の流浪の生活にはかねてから興味をいだいていたが、ある日の新聞に、国鉄ストライキのために、蜂箱の蜂を全滅させてしまった一人の蜂飼いが、国鉄を相手に損害賠償を要求する裁判を起した記事が出ていた。新聞記事だから簡略ではあったが、輸送途中の蜂が死んでゆくのを見て発狂せんばかりになった人の気持もわかる気がした。それで、そのことを物語へくみこんで、後半節の盛りあがりのために使用した。

例によって、登場人物はすべて架空である。枕崎や、串木野の町に私はくわしくはないのだが、ある年に車で通った。出水《いずみ》の田面には鶴が下りていた。その思い出から、題名をこのようにした。

この作品も、いってみれば、国家つまり国鉄という組織がくりかえす同盟罷業によって、めいわくを蒙るのは庶民の側で、中でも本篇主人公のような境遇にある人は、生命を絶たれたにひとしい打撃をうけて、文句のつけようのない巨大な国家という組織の前に、呆然自失する。ある意味では、国が行った社会主義者狩りが、多少のかかわりしかもたなかった名もない園丁を死刑にして、国のたてまえを示してみせた行為と遠くつながっている。大きな組織は、一頭の大熊のようなもので、居ずまいを直しただけでも、足もとの虫は死ぬことがある。そういうことは、必要悪といわれてすまされることでもあるまい。昔からくりかえされてきた組織の繁栄と個の犠牲の問題は、小説家にとっても好材料のはずであった。私は、『古河力作の生涯』において一人の花つくり人を、『鶴の来る町』において二人の蜂飼い旅人の生涯を辿ることで、そのことを声をひくく告発してみたかった。小説がいくら声をひくくして語られても、何かの効用をなすとはゆめ思われぬが、それを知りながらも、語らねばならぬのが作家というものだろう。あかぬ扉と知っても、たたいて生きねばならない。それが作家になければならぬ業のようなものかもしれぬ。

　こう書くと、ずいぶん、私には社会性があるように思えようが、そうでもない。社会のことなど、組織のことなど、にわか勉強で、なんとか辻褄をあわせて小説にとりこんでいるにすぎない。人間のことに興味をもち、心をしずめて語ってゆこうとすれば、かならず、そこにつきあたってしまうわけである。小説の主人公にしても、カスミを喰って生きるわけにゆかない。社会に生きる以上、人間探究は、おのずから社会の追跡ともかさなるのである。いい小説がアクチュアリティをもつというのは、こういうことの渾然化だと思うが、しかし、それはなまなかのことで果されるものでもない。難題なのである。難題としても、私は、『霧と影』以来、このことだけはわすれずにきているように思う。

「一休」

一休和尚に関心をもちはじめたのは、私の小僧時代だった。このことについては、初版本（昭和五十年四月）の「あとがき」にも書いておいたが、大人になってからもその関心が持続できたのは、和尚が死ぬまで教団に背を向けた蓑笠の人であり、当時の、まったく庶民にかかわりをもたず、ひたすら、武家、宮廷と結びついて、戦乱の地獄救済に何の手もうたなかった教団のありようを、折につけ告発しつづけた態度に共鳴を感じたのと、和尚がまた女性を愛し、たてまえとしては、女人禁制の山へ、女連れで現れたりした上に、晩年は盲目の森侍者を溺愛して、そのまま薪村の寒庵に死んだ、その天晴れな死に方に関心をふかめていたからである。教団批判は、いまならめずらしくもないことだが、七十七歳をすぎて、若い盲女との性愛を奔放に披瀝した私小説そっちのけの詩偈を数多く発表して、人間讃歌を地でゆくそのくらしぶりには、俗人も及ばぬ徹底した地獄道がのぞかれる。いまの人にも到り得ない境界だが、その相手の森侍者について、私なりの見解を吐露してみたかったのが、この作品をつくる動機といえぬこともなかった。

森侍者のことはいろいろといわれ、学者の中には実在否定説をとって、あれは和尚の絵空事にすぎぬと問題にせぬ人もいる。理由は『狂雲集』の創作性がもとになっているが、しかし、あながち実在資料はないとはいえない。真珠庵での法事、十三回忌と三十三回忌に際しての寄進簿にその名がみえるのが第一のことだが、最近、これにまさる重大な資料が発見されている。すなわち、酬恩庵（一休寺）の庫から出てきた祖心超越の書簡で、これは和紙でタテ三十センチ、長さ約一メートル七十センチにも及ぶ長い手紙だが、内容は、酬恩庵内で虎丘庵がつくられるいきさつがのべられており、「虎丘庵建設用地買収の際、森侍者の小そでを売って十貫文つくった」と書かれてある。

現住職田辺宗謙師によると、祖心超越は、越前深岳寺の住職で、一休の弟子といわれ、師の生き方をえらんで北辺に住み、墨斎などとくらべて、一休の赤裸々な生き方をあきらかにしようとしていた人だという。私には、祖心超越については、いまのところまったく知識がないが、その書簡が、森女実在の大きな裏付けとなるので関心をふかめている。虎丘庵は、一休和尚が晩年に建立した墓のことである。慈楊塔ともいうが、今日もこの名残りの地は酬恩庵にあって、宮内庁管理の墓所になっている。この墓をつくる時に、一休和尚には金がなかったので、森侍者が小そでを売って土地を買ったという。

いままで、私は、森侍者は門付けして歩いた盲目芸人だと想像して、一日、住吉の薬師堂でめぐりあったのが縁で和尚の庵に入り、それから十年も同棲することになったと判断していたが、小そで云々となると、森侍者が旅の乞食女などでなくて、相当の家柄の出身の女だったのではないかという気もしてくる。超越の書簡は、そういうことを語ってつきないのである。

虎丘建設は、文明七年である。墨斎の『年譜』にかくよめる。

「文明七年、師八十二歳。薪の虎丘に寿塔を作りて落《らく》す。師、軒楣を掲ぐるに慈楊塔を以てし、且つ偈を作りて衆に示す。其の意、自《よ》る有り」

虎丘とは中国江蘇省元和県にある呉王闔閭を葬った所の名で、のち円悟克勤の法系にあたる虎丘紹隆が、ここで大いに禅風を昂揚した由緒がある。一休和尚はこの故事にあやかって、慈楊塔の文字を軒にかかげたといわれている。八十二歳なら、森侍者とつきあって五年目にあたる。盲目の森女は酬恩庵内に同居していたのだろう。そうでなければ、小そでを売ってまで、師の発案する虎丘建設に力をつくせるはずもない。その間の事情を、まだ深岳寺に赴任する前だった祖心超越がみていたか、あるいはすでに越前にいて、そのことをきいて書簡にしたためたものか。いずれにしても、同居していた森侍者の小そでが十貫文にも売れて力をなした事実は、森女実在の根拠となろう。

まったく、この一事でも、墨斎『年譜』にあらわれた一休伝は痩せたものといわねばならない。八十八歳まで生きた和尚の生涯が、十数ページの小文で『続群書類従』の中におさめられているのをみて、不満に思う人は多かろうが、高弟といわれる墨斎が、こんな簡略きわまる和尚伝をのこして、女性関係の一文をも付さなかったことが、後世のわれわれを悩ませるのである。

いま、私は、『一休』（昭和四十九年四月、六月、八月、十月、十一月「海」）を読み直してみて、森女との晩年の生活に、相当の枚数を費して、和尚の生きざまとその精神のありようを探索した日々をなつかしく思い出している。実在否定説の学僧間には、私のこの見解は、はなはだ独断とうけとられ、文章にもして批判なさった方々は、超越の書簡の出現にとまどわれているやもしれない。

あるいは、この書簡の内容についても、首をかしげられる人もあろうが、私は首をかしげるどころか、一休和尚と力をあわせて虎丘建設に専念する盲目の女弟子を美しいと思う。

一休和尚が生存中に己が虎丘を建てた行為を不思議がる人もいる。私もその仲間の一人だった。一休和尚のあらゆる言行から推察して、生きているうちに墓など……という思いはしたものだ。しかし八十二歳ともなれば、気持に変化があっても、これはまた自然というものだという気持もわく。森女は、私の推理では、まだ三十代の女性である。一休和尚とはずいぶん年もはなれている。和尚には持病もあって、そろそろ冥府へまいる覚悟もできていたろう。閨の物語は、性愛に溺れるばかりでなく、

十年、花の下、芳盟を理む、
一段の風流、無限の情。
惜別す枕頭児女の膝、
夜深うして雲雨、三生を約す。

である。「辞世の詩」と題されている。一休のこの作意を思っても、はなれがたい森女への哀憐の思いが脈打っている。

「わしが死んだら、わしの墓のそばにいてくれ。おまえは、わしの生涯で、もっともわしの心を知ってくれていた……」

と、盲女の耳にささやいただろうことも想像される。そうでなくては、「辞世」の題

が意味をなさぬ。墓づくりに精魂をかたむける一休を、笑う人はいてもいい。しかし、盲目の女に、それではいったい死んでゆく身を、どのようにして教えたらよかったろう。墓石を撫でさせるしか、死はわからせられまい。

私は、盲目の祖母をもっていたので、盲人が人間の死に対して抱く思いについては、少年時からある感懐をもってきた。というのは、盲人は「生きた人」をみたことがないのだった。手のぬくもりや、やさしい声には接していても、生きている人の顔も手も口もみたことがないのだ。身近にいた人が先に死んでゆく。盲人にとっては、その時から、死んだ人はもう、やさしい声も、ぬくもった掌もさしのべてくれなくなったことで悟るしかない。しかし、このことは、生きていた姿をみたことがないために、遠くへはなれていったという感覚に等しいのではないか。いつか、越後高田で、年老いた瞽女さんの宿に同宿した際、盲目の芸人たちの部屋のタンスの上に、先輩の瞽女たちの位牌をおさめた仏壇があったので、その人々の死について話をきいてみると、

「先にゆかれた人のことですか」

と、盲目の人はいった。ゆかれたは、「逝かれた」のではなくて、「行かれた」、つまり先をとっとと歩いてゆかれた、といった語感が出ていた。それでひとつ眼がひらけた。私の祖母も、そのようなことをいっていたからだ。

森女が、一休と性愛の十年をすごして、次第に衰えてゆく師の力弱くなるありさまを、手さぐりで知っていたことは想像できる。一休和尚がその森女へのはなむけに、己が墓を建てておいても決してわるいことではない。私は、慈楊塔の建設をそんなふうに理解している。

こんなことをいうと、また、ろくでもない想像をやってのけるといわれそうだが、しかし、反対する学者に訊ねてみたい。

若い盲目の女を愛して、先に死んでゆかねばならない立場に立った場合、あなたはその盲人の闇に何をのこしてゆけるか。後世の人が笑ってもいい、虎丘があればいい、そう和尚は思ったかもしれぬ。

ここで注意せねばならぬことは、一休和尚には弟子がいなかったことである。墨斎も自称の弟子にすぎぬ。祖心超越も然りであろう。宗沅もそうだろう。一休は自分一代の生を奔放に生きて死んだ。あえて弟子をさぐる興味は私にはないが、この世にのこしたものは、詩偈と法語と虎丘と森女だけだったのではないか。

「一休和尚伝」は、墓一つ考えてみても、いろいろなことを想像させる。はなはだ謎につつまれた和尚というしかない。

「近松物語の女たち」「あひるの子」「わが草木記」

『近松物語の女たち』は、昭和五十年一月から翌年十二月まで「ミセス」に発表したものである。私はかねがね、近松戯曲に関心をふかめていて、とりわけ世話物道行の名調子に酔わされてきた。「曽根崎心中」のお初・徳兵衛、「心中天の網島」の小春・治兵衛、「冥途の飛脚」の梅川・忠兵衛、いずれも女主人公たちは、遊女か使用人であった。百姓や下層階級に生誕したら、どうあがいても、桎梏の生涯からぬけきれなかった封建時代に、貧家は貧家なりの倫理がひとすじ通っていたことから、家の傾きや、病苦の父母を救済するため、娘が犠牲になって心にもない売春女に堕ち、生家を助ける話はずいぶん多かった。お初も、小春もそれである。彼女たちは、いちど廓に売られると、四十ぐらいまでは、つまり、女性としての魅力を失うまで、男の玩物に供され、抱え主の言いなりだった。病気になっても、ろくに世話されない。借金がすまねば、死ぬ直前までこきつかわれた。死んでも葬式はもちろん、墓もつくってもらえず、無縁塔へ放りこまれた。私の故郷の若狭や越前にも、薄幸な遊女の貧しい墓石はいくつものこっていて、石ころ一つ置いただけの、戒名もない墓を見ていると、吹きっさらしの土になった女のかなしみが心を打つ。

近松物語に描かれる多くの心中に心をふかめた動機は、そういう思いからでもあるが、それと同時に私は、相手の男がどのような境遇にあれ、心中する女たちの、死によって現世の桎梏から解放されようとする、力づよい、封建体制への抗議を感じてきた。またそのようなさかしらをいわなくても、死ぬことで自由を得ようとする女性の美しさといったものに心打たれてきた。まことに、お初も、小春も美しい。恋に身を捨てる心の何といさぎよくて、つよいことか。いまの男女の、まるで自動車かテレビの新型と取りかえるに似たような恋愛沙汰に比べると、封建時代だけに、その必死さが心を打つのである。いまは失われた恋といってもいいだろう。そういう心の純粋さもだが、近松がその心中を讃美するかにみせて、からませる生活事情、いいかえると、経済事情のありようも、興味をふかめるのである。人は恋のみによって死ぬものではない。もう一つ生活苦がかさなって、追いつめられており、それに力を得て、恋愛がさらに至高性をます語り口である。徳兵衛も、治兵衛も、現今の若者からみれば、だらしない男にすぎぬともいえるけれど、近松の生きた時代は、雇人は雇人で、女房持ちは女房持ちで、それぞれの義理の手かせ足かせの中を生きていたし、世間、家、親といったものの存在が、たった二百貫の金の行方とかかわって、未整理のまま頬かむりして生きてゆくことをゆるさなかったのである。もちろん、掟もきびしかった。牢屋ゆきは、身の恥辱である。恥をうけるよりも、恋に死んで、自由を得た方がよかったのである。まだ、人が身の恥を死ぬほどきらい、主家や生家を救うためには死んでもいいと思ったころがなつかしいといってしまえるだけのことではなくて、近松の描いた女性像には、現今の男女をも充分説得するつよさがあると思われるのである。

『あひるの子——アンデルセン幻想』は、昭和四十九年の六月に、デンマークのフューン島を訪れて、アンデルセンの生家のあるオーデンセの町を逍遥した時の、私の紀行に託した小説といえる。私はかねがね、アンデルセンの作品を読んで、その材料の暗さに心を打たれてきた。弱い者、小さい者、落ちこぼれた者、年古りたる者、貧困な者。描かれる世界はアンデルセンの人道主義的な世界であるけれど、どの作品にも現れる黒い影のようなもの、悪魔のようなもの、それをも肯定している立場のふかさである。それに不当に彼をおとしめる批評家たちへの私の思いというものもあった。不当といったのは、アンデルセンが勲章をもらったり、名誉市民になったり、銅像になったりしていることから、浅薄な立身出世主義者ときめつける風潮や、クリミヤ戦争やフランス民主革命などの起きた時代を生きながら、そういう世情騒然とのかかわり方が逃げ腰だったとすることなどである。王室や、富裕階級へのおべんちゃらも云々する評家はいくらもいる。本当にそんな浅薄な人だったろうか。そういう批判についての考えをまとめてみたくて紀行してみたのだが、行ってみて、いっそう私は、私の思いがまちがっていなかったことを確かめて安堵した。

手柄顔でいうわけでもないが、『水のしずく』を読めば、アンデルセンがフランス民主革命をどうみていたかがはっきりするし、オーデンセをきめこまかく歩けば、王宮も、日本の二重橋の向うの森にあるような宮殿ではなく、垣根のないすぐ隣家にひとしくて、王女のあそぶ庭へ、庶民の子もまぎれこめるくらいに近接していたことなども、心を打つけしきといえた。日本なら、宮中へはだしの子が蟬をとりにもぐりこめば、守衛さんに叱られようが、オーデンセの王宮は、靴なおしの父子が、はだしで「ヘイ・カマ・スコメイヤ」と叫びながら歩く石畳とつながっている。ここに、アンデルセンの童話に出てくる王女や王の親近性の根があるのであって、自分の作品が、はじめて王立劇場で上演された日のあの大歓喜も、日本で考えるような皇室中心主義でもないことがわかってくる。大きな劇場といえば、そこしかなかったころのはなしなのだ。

それと、私がアンデルセンにもっとも関心をふかめているところは、生涯の放浪である。あれほど母を思い、父を思いした当人は、母がアルコール中毒で施設で死ぬ時も放ったらかしているし、故郷へ帰らずに、コペンハーゲンの共同墓地で眠っていた。名誉市民になりたくてオーデンセへ帰ったようなけはいはどこにもない。人は自分のものさしで人をはかりたがるものだが、私にはアンデルセンをはかりたい思いはどこにもない。ただ、古びた外燈や、みにくいあひるの子や、一本のすぐりの木と会話していたこの人の孤独にわけ入りたい思いがつのったのである。

私は、それゆえに、アンデルセンについては、まだまだ調査もしなければならず、研究も不足していることを感じているのである。それで、いつかは、この思いをまとめて、彼の全生涯を見なおしてみたい気持を捨てられない。『あひるの子――アンデルセン幻想』は、つまり、その私のアンデルセン構想の序文と思ってもらえばすむだろう。この作品は、集英社の「すばる」の昭和五十年六月と九月に二回にわけて発表した。単行本にするには多少のうしろめたさもあったが、同社の意向を汲んでとりあえず一本としておいたのであるが、本を見るたびに、あとの書き足しに思いがはしり、その時間を得ていない今日がくやまれる。

『わが草木記』は、昭和四十五年（四月）から昭和四十七年（一月）にわたって発表（「自然と盆栽」）したものである。いわばアンデルセンが草木と会話した心境にならって、私が私の身辺にある草木について、思いを誌してみたものである。東京の世田谷に私は家をもつが、庭に植えている桜、椿、竹、その他草花は、時折の心をなぐさめてくれている。しかも、それぞれにいわく因縁があるため、花の咲く日がくればそれはそれで、花が落ちて葉のしげる日がくればそれはそれで、その木にまつわる私の思いを、日々新しくかさねて、愛着しているのである。こういう私の庭についての思いも、じつは、アンデルセンのオーデンセの生家のせまい石の坪庭を見た時に、頭を撲られたようで、ぜいたくなことだと思いあらためざるを得なかった。『あひるの子――アンデルセン幻想』にも書いたように、アンデルセンの育てていた草花は、石畳の、石と石のあいだに、指の大きさぐらいに芽立ったものだった。私の庭のような広さはもちろんなくて、陽がかげれば、すぐにつめたくなる石の庭であった。アンデルセンの母は、木箱に土を入れ、屋根の上に置いて、野菜を植えていたそうだ。わが草木のはびこる庭を眺めて、いっそう身のぜいたくさをおぼえて、アンデルセンが草花に憧れた思いをかさねてみている。

オーデンセばかりでなく、アンデルセンが訪ねたロンドン、パリ、ローマでも、道はすべて石だった。建物も、塀も、みな石だった。それだけに、そこに住む人々の、草花へのいじらしいような愛着のありようが、たとえば、窓にかざられた小さな鉢だとか、三尺ぐらいしかない玄関口のアプローチに刈りこんでつくられた小さな花園などの姿に見とれた。北へゆくほどに、陽に憧れる人々は、どんな小さな花でもないがしろにせず、大切に抱いていた事情と、日本の庭や草木のありようの風土の差が感懐をふかめるのである。もちろん、東京や大都市は、石ならずともコンクリートの建物に変貌して、都心には、洋風な草花の愛着ぶりが現前しているけれども、地方の農漁村へゆけば、まだまだ、野生の草木の温存されてあるこの国の幸福を思わないではおられない。だが、こんなことをいっているうちに、山間支谷もまた破壊の度をふかめてゆくかもしれぬ。草木への愛着は、いっそう自分において、ふかまることを偽れない。

「わが山河巡礼」「失われゆくものの記」「日本海の人と自然」「金閣と水俣」

『わが山河巡礼』は、昭和四十六年七月に中央公論社から刊行されたが、これは、雑誌「太陽」に、昭和四十四年五月から翌年十月にかけて連載されたものだった。私は、それまで、よく旅先の見聞記を発表してきたが、書名が示すようにこの見聞記は、作者がこれまで、自分の人生の転機ともなったことのある場所に立って、つまりそこを再訪して、昔のことを思いかさねて、紀行文としたものである。ただ漫然と旅行をしてきて、その先の見聞を書くというのではなしに、自分にとってわすれられない場所へ行って、もう一ど、その時の思いにもどり、そうして、今日の思いをも書けたらという発想で、この旅をつづけた。したがって、小説を書くような気分もあって、中には、短篇小説としてもよめるように工夫したものがある。さきからもくろんでいるわけではないが、書いているうちにそういう筆法になってしまって、その仕上りをためつすがめつすることがしばしばあった。小説を書いて生きているのだから致し方もない。自分の古い暦にふれることは、自分をそこに偽らず出すことになるのだから、いいかげんな調子では書けなかった。だから、たとえば、「気比の松原」などは好きな作品となった。気比を訪れる今日でも、私は、そこに書いたようなことを、何ども思い出して歩いているのである。

人間にとって自分の風景とは何だろう。この旅の途次でも考えたことだった。不思議なことながら、私の場合は、自分の人生とは、わすれたスナップ写真のようなものにも思われる。あるいは、わすれられずにいつものこって、何げない折に鮮明にうかびあがる写真のようなものかもしれない。瞼のうらに焼きついたこの写真は、フィルムでないから、マッチで火をつけても消えない。たとえば、私は、十歳の時に父母に別れて、京都の寺へ小僧に出ているが、私にとっては最初の人生の一大事だったそのことも、粉雪のふる若狭岡田の村道を、菩提寺の和尚さんのあとからてくてく歩いてゆく野の風景でしかない。あの時、母は蓑を着ていた。ケットを買う金がなかったからだった。蓑を着た母は、わびしかった。駅へ向かう道は、粉雪がさかまくように舞って、藁ぐつの私らは、何ども立往生した。書けばこのような人とけしきがかさなってある写真にすぎぬが、いま思い出すと、このけしきの中から、母も和尚も私も消えて、ただ、野面をふきあれる雪のけしきだけがうきあがる。そうして、このけしきは、オールカラーである。空のいろは錫いろだ。山も木も白い。ただ、川の水面だけが淡黒に輝いている。何もないこの風景だけを、じっと見つめていると、やがてあとから、人間が出てくる。そのあとで、その時の私の淋しかった思いが押しよせてくる。先にあるものは風景であって、この風景がなくては、私の出郷はないのだった。

どんな大事件であっても、どんな嬉しいことであっても、すべてこれも一枚のスナップで表現出来る。その写真を、われわれは、心奥のひき出しにしまって生きているように思う。わすれやすい私のような凡庸な者は、そのひき出しにしまいわすれたまま、大事な人生のある一つの風景を思い出さぬまま死ぬのかと思う。

『失われゆくものの記』は、やはり、昭和四十二年九月から翌年の十二月まで「太陽」に連載されたもので、これは講談社から刊行している。かねてから私は、この国の手仕事の職人のなりわいに関心があって、この本に記したような地方をまわって、それぞれの職人の風貌に接し、仕事の様子も見たりきいたりして、旅行記とも、聞書き抄ともつかぬ文集をつくってみたいと思った。それがこの本の出来る動機である。

筆、堆朱、漆器、菓子、人形、木地、和紙、傘。古法を守って手をよごして物をつくる人々の顔とことばは美しかった。機械によって多量につくって利を得る商いの下で、昔どおりの手法を守ることはなまなかの精神でないと出来ないわざだが、訪れた先で、待っていてくれた古老、媼たちのすべては、業種に応じて、それぞれ個性もちがう一徹者で、心あたたかい人ばかりである。行き先によっては、冬ゆかねばその作業にあえぬ所もあった。たとえば、越前和紙は吹雪の中だった。長岡の筆匠の作業場も大雪だった。相手がまた都合によって指定してくる日は、東京は晴れていても、向うは雨だった。嵐で汽車がとまって、予定の狂った旅を二、三日つづけたこともあった。約二年間、私は、日本国じゅうといわないまでも、そこらじゅうに頑固職人を求めて歩いた。

私は、この旅の途次に、私の父が大工だったことを誇りに思うことがしばしばあった。大工といっても田舎大工にすぎないが、小さいころに、父の仕事場で見つけた木っ端、道具、私は、それらのものに手をふれてよく叱られたものだが、父が無心に物をつくっていたあの時間の、何ともいえぬ陽だまりの温かさをわすれていない。その思いが、どんな業種の老職人の前に出ても、しょっちゅうあり、話もまた、父のことをはなすとはずむように思えた。つまり観念的なことや、芸術鑑賞的にどうというようなことよりも、「親爺のノミのつかい方は……」などとはなしてゆくと、頑固な老人も、ほどけた顔になって、話をはじめるのだった。

それにしても、私は、この旅の途次にいつも考えた。ほろびるものの美しさである。後継者のない紙漉き古法などでは、その老人の生命のちぢまりが、文化のちぢまりに思えた。それだけに、生きのこって仕事をつづける老人の手のしわは、ありがたく神々しかった。

『日本海の人と自然』（昭和四十七年十一月）は、岩宮武二氏の写真集（『日本海』淡交社刊）につけた私の文章だが、岩宮氏の十年にわたる日本海行脚の成果のすばらしさに打たれて書いた。

『金閣と水俣』は、昭和四十九年四月の「世界」に発表した短文である。編集子の注文が「私の戦後史」とあったので、回想的な書き方になったが、本音は述べたつもりである。私は、これまで、自作について語ったりすることをさしひかえてきたが、作家が戦後史を語るとすれば、いきおい作品史とならざるを得ない宿命にある。いろいろ職業もかえたけれど、結局は、文学、文学といって生きてきていたのだから、自分の文学の主題のことと、それへの反省や回心の記述になった。金閣を焼いた人、林養賢君の問題は、たしかに私自身の問題でもあって、そこに書いたとおりの気持をのちに『金閣炎上』の中に描き込んでみた。「水俣」の問題も、これまた、今日の世を生きる以上、加害者としての自己告発がいつもかぶさって気が重い。だが、この重さから逃げるわけにゆかない。『海の牙』のところで書くつもりだが、小説作法の問題からも、また、私という人間を問う踏絵としても、「水俣」は死ぬまでひきずらねばならぬ問題のように思う。

小説に限らず随想、紀行、評論と、あらためて自作をよみかえしてみると、やはり、気になるのは文章のことである。時間がたってふりかえると、私自身にも物や人をみての感懐の差はあって、あの当時はこんなことを考えていたのか、などと、ちょっと気はずかしいようなことを平気でいっていることに気づく。これは私が年をとったせいであって、書いた当時の思いは、それはそれでいいのかもしれぬと思い直しはするものの、気はずかしさはやはりたまらない。よほど消したいと思うが、消していては何もかもなくなる気がしたので、そのままにしておくほかにない。

『失われゆくものの記』の一、二編は、教科書会社から求められて、中高生の教材になっている。そのこともあわせて気はずかしいのである。

「若狭幻想」

『若狭幻想』は、私の生れた福井県大飯郡本郷村字岡田部落の家にまつわる思い出を折々の風光山河、行事人物にかさねて、勝手に書きつらねてみたものである。すでに発表していた『じじばばの記』や『しゃかしゃか』『阿弥陀の前』『雁の話』などに添えて八十枚の新稿を書き加えた。

人は生誕の家を己が球根の土壌として育つものである以上、私の場合、生れた大正八年三月八日の時刻に家にいた盲目の祖母や大工だった父や小作百姓していた母や、二つちがいの兄などのことが、忘れられずにあって、それらの人々は、私がはじめて見たこの世のけしきの中で、ともに生きて、物心つく頃までの私の精神形成に何らかの影響をあたえた人々である。だが、そうはいっても、人間の記憶というものには限界があって、かりに鮮明にいまも記憶のなかにのこっているにしても、それが事実どおりであったかどうか、うたがわしいことは多々ある。正直、人があることをわすれずに心にのこしているということは、その人なりに、そのことを心の襞に焼きつけているることであり、たぶんにそれは、粉飾された記憶の場合もある。粉飾されているからといって、事実どおりでないかもしれぬが、全部が全部嘘であるということにもならない。ながくわすれずにのこるということは、それなりに事実がその人なりにくまどられ、おぼえやすい形で何どもうかび出てくるものなのだろうと思う。そうして、人は何ども思いうかべているうちに、そのことを信じ、虚実の境を問わなくなり、格別の風景なり人物の行為や言葉として心にしまい、暦の根雪として凍結し、時にふれて思いおこして楽しみ、あるいは悲しみ、よろこびして生きるものと思う。若狭に生れた私が、十歳でその若狭を捨てたことは何ども語ってきたけれども、その若狭のけしきが、今となっては幻想に近いという思いも、ここからきている。折にふれて思い出すことを、気のむくままに、古い写真をめくるようにして書き誌してみたにすぎぬ。それが、『若狭幻想』の主題といえる。

それはさておき、私は今から何年か前に、当時慶應大学教授の池田弥三郎氏の乞いに応じて、大学の教室で、折口信夫先生の記念行事の講演をつとめたことがある。池田先生は折口門下の高弟、民俗芸能の研究家で、その文章には私も畏敬の念を抱いて接してきていたのであったが、向う見ずな私は、うかつなことに、先生がどういう目的で学生たちに私の講演を意味づけようとされているのか、深く慮ることもなく、ただ、すぐれた民俗学者の折口先生の生涯の文業を偲びつつ、私なりの生誕地のことをはなし、今日も瞼に焼きついている原風景風の山河の石や水や樹や動物とのめぐりあいを語って、それが、私の文学的な発想の根ともこやしともなって、現在の創作作業にぬきさしならぬ影響をあたえてしまっていることを語った。「おんどろどーん」という山の音を、その時、冒頭にはなしたら、池田先生が興味をもたれて、私にその録音テープを送ってこられ、これを書物にしてはどうかとすすめて下さった。これが『若狭幻想』を誌してみる動機となっている。軽率な私は、先生の過褒のことばをわすれずに、そのすすめに応じたいと思いつつ、八十枚の新稿を加えてみたが、録音テープとはかけはなれたものになって、これで果して先生のお気に召すしあがりとなったかどうか危ぶんでいる。

若狭は、京都の北辺にある仏教国として、古くは奈良ともかかわりをもって文化人が往来し、神社、仏閣に古きものをのこして、渡岸寺の十一面観音像は、奈良や山城、近江をしのぐ名品を温存していることで有名である。かの二月堂への水おくり行事が、今日も古式通り、お水取りに先立って催されることを見てもわかるように、古き仏都と同じ根をもって生きてきた国である。風土はむしろ、帰化人により近いところがあって、あるいは、奈良よりも古かった古刹のありようを示す資料もあって、これはまた民俗的にも、研究家の足を踏み入れたがる国であることの証しである。仏教が渡来する前に、すでに、仏教をうけ入れる風土というものが若狭にあって、それらは、いつの世に、土にしみたものかわからぬにしても、北辺の片田舎にすぎぬ私の生家の部落にも、同じ土がめぐっていたことを思うと、私が耳にきいた「おんどろどーん」の音も、民俗学者が耳かたむけたくなられるのも当然かもしれない。

　私がしょっちゅう恐れおののいてくらした甚五郎石は、たぶん、仏教渡来以前からあったものである。何げない大石が山にひっかかってあったけしきだとしても、その谷下で生れた人間は、私のように、石の下の洞窟に冥府を見て育ったことは確かだろう。暗い闇の穴がひとつあいているだけの巨石の存在だが、どれだけの歳月に耐え、人の心に作用し、いまに至ったかを思うと、これとて、歴史の一つであることにかわりはなく、夜泣きしつつ、その石をおそれてやまなかった私の世界は、私以外の人にも語られずにあるように思う。それはとりも直さず、大飯郡本郷村岡田というところの象徴であって、太古からそこにあり、ゆるがなかったものであって、儒も仏も神も、その石にまとわりついて、風化して生き、生きては風化してきたありようがさし出されている。

　私は十九歳の時、満州に働いたことがあったが、病魔にとりつかれて、ある時期は、酷寒の異国で死ぬのではないかという恐怖に襲われ、病臥の枕に、あらわれては消え、消えてはあらわれる故郷の谷の幻影に身を抱かれて、うなされながら眠った記憶がある。不思議なことだが、人は異郷で死に直面した時、両親のことや兄弟のことを思いはするが、果てには、生誕した場所、つまり、私には、キタバタという谷の、竹藪をこえて、雑木をかきわけ、深い森となるけしきの頂上に、でんとかまえてうごかなかった甚五郎石があった。私はつまり、高熱にうなされながら、幼い時代に舞いもどり、夜泣きして母につかまっていた大正八年頃の夜々のねむりにもどりたかったにちがいないと、いま、その当時のことを回想する。この経験をおしひろめてみると、私のように、満州でなく、ブラジルや中国の各地、さらに南洋諸島にまで放浪して、ついに帰ることなく、その地で死んだ人々もまた、ひょっとしたら、谷の甚五郎石を瞼にうかべて死んだのではないか、と思うのである。語られていないからわからないけれど、人はそうかわるものではない。生れ出たところのけしきが、深くその人の生に影響し、死ぬ時までその眼の裏で、くまどられ、よみがえっていたにちがいないことを思うと、ありふれた石一つが、文化の根源にあって、不思議はないのである。私は民俗学にはまったく不案内だけれど、歴史を実証する学問としては、この意味で、もっとも高等なものだとする思いがある。

そうではないか。人は、人のいうなつかしい故郷、ゆるがない風土などというような観念の世界を生きてきたわけではない。わすれられぬ谷や、山にひっかかった石や、そこにあった洞穴が、なつかしいだけのことである。孟宗藪でしめっていたあの生家の土壌のありようが、ゆるがずに思い出されるだけのことである。したがって、私には、仏教的な風土ということも、じつはわからない。釈迦浜の海の底をくぐると、信濃の善光寺の戒壇に出るぞと古老が語ったことばがあって、海の底にも、一本の道があると信じられるような穴が、その崖の下にあいていただけのことである。それが仏教的な穴ということになるのかもしれぬけれど、私には、教えてくれた爺さまの、歯のぬけた口もとと、ともに足ふるわせてのぞいてみた青い淵の、この世でもっとも恐ろしいと思われるような暗い穴があっただけのことだ。それがわすれられないというだけのはなしなのである。

そういうゆるぎない穴や、岩石や、崖や、森林や、くさった祠のあった跡のことについて、私はもっともっと語っておかねばならない。そのことは、ひょっとしたら、私と同じように、旅の途上で死ぬであろう若狭人の、何人かの人々の思いの代弁になるかもしれぬからである。作家の足もとに、大事な物があるとしたら、そういう穴のはなしのほかに何があるだろう。ふとそんな思いもして、私は、いま、故郷の暦をもう一どくり直したい思いにかられている。

「霧と影」「死の流域」

『霧と影』は、昭和三十四年八月に、河出書房新社から書下しで刊行された。約十年、文学をはなれて、行商や業界紙の記者などしていた生活から、文筆生活に入る機縁になった作品なので、なつかしいというだけでなく、いろいろな感懐がつきまとう作品といえる。

この小説の書かれる前々年ごろ、共産党内に起きたトラック部隊事件に私は関心をふかめていた。いまでは忘れた人もあろうが、昭和三十年前後、潜行中だった共産党の幹部の国外逃亡援助や、武装費用を稼ぐための経済部隊が作られて、鉄鋼、繊維業界の末端で、非常識な取込み詐欺が起きた。商品が売れなくて困っている二次メーカーを訪ねて、もともとだますのが目的で、工場関係に流すというもっともらしい口実をつくって詐取し、支払い日がきた時は、会社をつぶして逃散するやり方である。

私は当時、繊維経済研究所と、「東京服飾新聞」につとめていて、繊維業界にあった部隊の果敢な詐欺行為を、身近に聞知する立場にあった。民衆のための政党であるはずの党が、大資本の系列化から落ちこぼれて、金融を絶たれた不況時代を、四苦八苦する中小企業の弱体につけ入り、表面上は会社の販路を手助けするふうに見せかけながら、横領換金し、党のために使い果して、あとは知らぬ顔で、相手を倒産させて快しとした態度に、義憤を感じた。この作品を書く動機は、その怒りといっていい。ちょうど、私のつとめていた小新聞社も倒産寸前だった。行商などして喰いつないでいた私には、トラック部隊事件の余波がもろに影響し、行商もうまくゆかなくなっていた。いまでも記憶しているのだが、栃木県足利市内の某工場へ既製服を売りにいった帰りに、東武電車の売店で、松本清張氏の『点と線』を買って読んだ。殺人事件を取りあつかった小説だが、毛嫌いしていた本格派のトリック小説に比して、現実性があり、人間描写もすぐれているので驚嘆して、さらに『黒地の絵』『詐者の舟板』『眼の壁』などむさぼるように読みすすみ、単なる殺人も、その背後に社会性と人道主義的な動機をひそませれば、充分読みごたえのある推理小説となり、ちゃんとした「小説」になり得ると思った。それで、身近にあったトラック部隊事件を背景に据え、私なりの推理小説が書けないかと思案するようになった。思いつくと、構想は四方にのび、夜も眠れないほどの日がつづいた。

ある日、足に無数のふき出物が出て、行商も出来なくなったのを幸い、石炭酸の溶液を入れたバケツに両足をつっこんで机に向かい、「箱の中」という題で、のちの

『霧と影』の原型になる作品を書き始めた。これは、約二ヵ月で脱稿した。その頃私は松戸市下矢切の畑中の家に住んでいたが、友人川上宗薫の紹介で菊村到さんを知り、ふたりの声援もあって、「箱の中」をさらに改稿して、はじめ菊村さん宅に持参し、のち河出書房出版部の坂本一亀さんに廻してもらった。坂本さんは新人の原稿を読むには深切な方で、この作品の材料や構想のおもしろさに興味を示され、欠点、盲点を指摘して、再度の改稿を要求された。私は直ちに応じた。八百枚近かった原稿を六百枚にちぢめた。ところが、さらに坂本さんから、後半の書き足しを要求されて、約百枚近くを書き足してようやく完成した。かぞえてみると、第一稿から四回目の改稿まで、四千枚近い原稿用紙を使ったことになる。このおかげで、私は坂本さんに「小説を書く性根」をたたき込まれた。

『霧と影』と題をあらためて刊行されたこの本は、初版三万部が一ヵ月を待たずして売り切れ、世評もよくて、私は一躍社会派推理作家のレッテルをはられ、諸雑誌から推理小説の注文を受けた。もとより、行商していたのだし、職業をかえることには何らの支障もなかった。が、にわかに推理作家にされて、心にもない殺人を取りあつかった小説を書いてゆかねばならぬことは、不本意でもあった。しかし、当時は推理小説しか注文がないのだから、材料や殺人トリックのことばかり考えねばならなくなった。素人の私には、注文にこたえられる材料もトリックも、そうあるわけもない。たちまち困りはてた。

『死の流域』（昭和三十六年十月、昭和三十七年一月「小説中央公論」、のち加筆）は、そういう思案の結果生まれた作品である。私はかねてから、北九州炭坑地帯が、政府の合理化推進策によって閉山を余儀なくされ、転業もままならぬ炭住の人々の生活が地獄を這うような窮迫で、新聞ニュースに騒がれているのを知っていた。いわゆる種さがしの目的もあったが、いちど見聞したい現地でもあったので、一日、北九州の飯塚、田川あたりを探訪して、つぶさに閉山炭坑の現実を見た。たしかに死んだ町だった。三角型に切りたったボタ山だけが雨にぬれていたが、一軒の炭住を訪ねた際、そこにいた片足のない元坑夫の老爺が、数十羽のカナリアを飼う光景を見て息を呑んだ。愛玩用でなくて、飼育して禽獣店へ売るのである。副業収入としていくら位になるかわからなかったが、雨もりのひどい荒れた小舎の軒にぶら下った小禽の籠から、カナリアの啼き声がするのは異様でもあり、ふかく心をとらえられた。帰京して、そのカナリアを飼っていた男を中心にして、物語を書いてみたくなった。

当時、中央公論社から雑誌「小説中央公論」が出ていて、編集長から私に、推理小説の注文があった。私は、この炭坑物に殺人をまぶしこんで、「死の流域」と題して書きすすめた。現地調査の力もあって、重厚性のある発端は評判もよく、つづいて続篇を発表したが、私も渾身の力をふるうことが出来たと思っている。この時の記者が井出孫六氏であった。のち『アトラス伝説』で直木賞作家となる井出氏は、実直にして寡黙な人で、出版部に話を持ち込まれて、後半三百枚は書下しで同社から出版したいといわれた。

私は、山の上ホテルに入って、必死な思いで物語を結末に向かわせ、約一ヵ月かかって、第一稿を完了した。たしか、この時、先にわたしてあった結末が気に入らなくて、初校ゲラの約百ページぐらいを解版してもらって、新稿による結末にしたのをおぼえている。よくもこんなわがままを聞きとどけて下さったものだと、いまになっても、時の出版部長高梨茂氏の決断を恩に着ている。そういう苦闘の甲斐があって、『死の流域』は、いわゆる社会派作家とレッテルをはられた面目をどうやらほどこせたといえるが、世評も高くて、やはり、かなりな部数に達したのではなかったかと思う。仕上りも私なりによく出来たと思うものがあって、秋末にでかけた北九州の都合三日の旅ともかさなって、なつかしい作品となった。

『霧と影』にしろ『死の流域』にしろ、社会性のある問題を、人間劇にからませようとたくらんだが、さて、これが、私なりに、かりに仕上りよく思えても、どこやら寂しい思いがやどるのだった。これは社会派推理作家とレッテルをはられている私のうしろめたさにも通じていた。じつをいえば、私の本心は社会派でも何でもなかった。社会の出来事について、裏の裏をよく知りつくしているとも思えなかった。経験といっても、私の半生は、寺の小僧をきらってとび出て以来、学歴もなかったから、どちらかというと、片寄った世界を歩いてきていた。なるほど、職業もよく変った。それは中小企業が、ようやく高度成長路線にのりはじめようとする時期だったが、私のつとめる会社や協会は、貧乏で、その路線から落ちこぼれてよしとしているような、小さな組織だった。それで、辞めるのも、入社するのも、そう固苦しくなくて、暢気に出入りできたのだった。

そんな社会の隅の、いわば下積みの世界でしか働かなかった私に、社会の仕組みが透けてわかるはずもない。わかっているのは、小さい企業の苦しみだけである。それはたぶんに受動的なものであり、前進的というよりは、落胆的、衰退的といっていいムードの会社であり、人間の巣でありもした。だから、そういう所には、むしろアクチュアルな社会性というよりは、弱者のロマンチシズムがあって、私は負けの世界にいる、ただの酔っぱらいにすぎない。そんな男が急に社会派などといわれて、うれしいはずもないのだった。同じ文学をやるのなら、もっと人間を、もっと人間の美しさを、哀しさを、といったことに心がゆく。しかし、もちろん、それが無くては推理小説も書く気はないのだが、やはり万全に人間を追跡して、そこにあそぶ余裕はないのだ。『雁の寺』や『五番町夕霧楼』『越前竹人形』への変容は、そういう私の、社会派作品を書き終えて感じる寂寥をうめる作業といえたが、しかし、それでは、この種の仕事に何らの価値も見出せないか、というと、そうでもない気もした。

私は迷いに迷って、自分の文学の方向を手探りしていたように思う。

『霧と影』は、東映で、主人公を丹波哲郎さんが演じ、私の作品の映画化第一作となった。『死の流域』は、今井正さんの執着があって、やはり東映で企画され、脚本に鈴木尚之さんが決定して、その第一稿も出来上り、いよいよクランクインというところで、ストップ指示があった。ボタ山を背景とする上に、炭住や坑道が舞台となるため、長期ロケやセットの費用がかかりすぎるという理由だった。今井さんは、残念がって、何とか私の作品をと愛着を抱いて下さっていた。私はそこで、『越後つついし親不知』ではどうですか、と、「別冊文藝春秋」に発表した短篇小説を今井さんに送った。今井さんは、『死の流域』に最後まで執着しておられたが、会社の方でどうしても実現不能とわかって、『越後つついし親不知』を企画に提出され、皮肉なことに、こっちの作品が実現することになった。運命はわからぬものだ。私は映画『越後つついし親不知』ももちろん好きなのだが、鈴木さんの脚本とともに地下に眠った『死の流域』に今も愛着をもっている。遠賀川の上流に向って、一人の年輩刑事が、カナリアの秘密を追ってひたすら歩き、ボタ山をのぼってゆく死んだ町の光景は、やはり映画でなければ出せない荒涼と美しさがみられたろうと、いまだに夢をみている。

「海の牙」「火の笛」

『霧と影』が刊行された直後、昭和三十四年秋、九州熊本県下に起きていた水俣病に関心をふかめた。当時はまだ「水俣奇病」といわれていた頃で、工場汚水が原因のようだが、確たる証拠がないため、政府も傍観しているといったありさまで、病人の方はふえる一方、病状の残虐さも目にあまっていた。NHK「日本の素顔」は、奇病の実態をうつした。画面に、骨と皮だけの人間が大写しにされ、コップの水さえ呑めぬほどにふるえている老人。地獄草紙をみるような光景に、私はいたたまれなくなった。テレビを消したあと、すぐ熊本ゆきを思いついて、妻から三万円あまりの金をもらって、翌日出発した。熊本に下車して、「熊本日日新聞」の原田さんに会い、水俣市へ向かった。湯ノ児温泉三笠屋に投宿。約二週間、原田さんの紹介もあって、奇病の患者宅、病院、工場、熊本大学、県庁を訪ね、この事件の底のふかさに唖然とした。素人の私の目にさえ、工場犯人説はうごかぬことのように思えた。奇病などというものでなく、これは白昼下に起きている企業殺人だった。

私は帰京すると、さっそく、恐ろしい事件を背景にした「不知火海沿岸」という百二十枚の小説を書いた。発表するあてはなかった。と、そのころ、文藝春秋社の池島信平さんから、『霧と影』がおもしろかったから、何か短いものを書いてみないかと、ハガキを頂戴した。私は大急ぎで原稿を清書し、いくらか短縮して、文藝春秋社に送った。作品は「別冊文藝春秋」七〇号（昭和三十四年十二月）に掲載された。衝撃的な、人体を奇病の鴉が喰いちらす場面は、大方の好評をうけた。私は、池島さんに面目をほどこし得たが、これを読んだ河出書房新社の坂本一亀さんが、「あれでは水俣病の追跡は不発ではないか。最後まで書いてみないか」と、引っ越してすぐの文京区初音町の借家へやってきた。そこで私は、また新しい書下しにとりかかった。「不知火海岸」を解体し、『海の牙』の物語の発端としたのである。完成まで約四ヵ月かかった（昭和三十五年四月、河出書房新社刊）。

苦しんだのは、まだ熊本大学も、厚生省も、水俣病の原因をチッソ工場側にあると決定していないことだった。たった二週間ぐらいの素人の探訪で、いくら絵空事の小説とはいえ、この問題は軽率にしめくくれなかった。大勢の人が死んでいた。大勢の医者も役人も現地では必死になっているのだった。かんたんな断定は下せない。そこで、私は、水俣病でなければいいだろうと断じ、「水潟病」とあらためて、南九州の一角に「水潟」という町を設定し、探訪した水俣の地形をそのままひきうつした。この水潟には、私なりの思案があった。水俣におけるチッソ工場に似た工場、つまり水銀をたれ流しにしている工場が新潟県下にもあったからだ。それは昭和電工鹿瀬工場である。のち阿賀野川水銀中毒事件が発生するのだが、もちろん、この昭和三十五年には、新潟に奇病は起きていない。しかし、私は、水銀をたれ流して放置する工場の近くには、やがて病人は出るだろうとする人なみの予測があったので、新潟の「潟」をとって水俣の「水」とかさね、水銀たれ流し工場の町としたのだ。この町に起きた原因不明の病気を追跡する医師の死。医師は殺されたと疑って追跡する警察の働きをタテ糸にして、係官がしだいに底知れぬふかい日本の謎に足を踏みこんでゆく設定である。人間の悲劇を追う途上で、社会の恐ろしい仕組みにつき当るという、いまではめずらしくないパターンである。だが、私は、水潟病を工場犯人と断定し、この小説を完了した。いまから思うと大胆なことをやったことになるが、やがて、石牟礼道子さんをはじめ、大方の報告者が出て、この事件は日本の地殻をゆるがした。私がこれを発表したころは、まだまだ、新聞も、政党も、学者も、当事者だけがやきもきしていただけで、大半は無関心だった。

私は、この作品を発表してから、「誰を殺すか」という演題で、翌三十六年十一月二十八日の文藝春秋まつりの東宝劇場の講演を皮切りに、諸所を演説して歩いた。水俣病の話が出ると、聴衆は居眠りをはじめ、はなはだしいのは、「陰気な話はやめろ」と野次が飛んだりした。世の中は、高度成長へつっ走りはじめていた。公害などという用語はなかった。人々は物と金の乱舞に酔い、一地方の片隅で、成長を背負う一企業の水銀たれ流しの裏で、地獄を見て絶叫する人々に、眼も耳もかさなかった。私の遠吠えはわらいものになった。

だが、『海の牙』は直木賞候補作品となった。一年前の『霧と影』も候補になって落選していたので、受賞するとも思わなかったが、時評家も、勇気ある作品として評価してくれていたので、直木賞候補になっただけでも、水俣病のことが世間に知ってもらえる喜びはあった。やはり、結果は落選だった。選考委員のことばも舌足らずで、私には不満だった。小説としての出来も、やはり、社会劇と人間劇のはざまで不発になっているところが私にもわかっていたから、もっとおもしろい小説に票がいっても自然だった。しかし、私は、この小説を書いたことで、社会派作家を捨てる心をきめていた。そういう意味で、なつかしいのだ。日本推理作家協会の前身である探偵作家クラブは、この作品に第十四回の賞をくれた。その報らせのあった日に、私は『雁の寺』の校正のために、板橋の凸版印刷にいた。

『火の笛』（昭和三十五年十二月、文藝春秋刊、書き下し）は、社会派のレッテルに甘んじて、大いに気を吐こうとしていたころの書下し作品である。文藝春秋社から星野輝彦さんが日参して、毎日、二十枚ずつ書いた。これは、北海道に起きた白鳥巡査殺し事件にヒントを得たものだが、舞台は越前であるし、登場人物もまったく架空であって、モデルはどこにもなく、すべて空想の所産である。だが、この当時、日本海辺に出没する不思議な船の姿のあったことは確かで、その巨船は、時には陸近くにきて、すぐまた沖へ消えた。どこの船なのかわからなかった。新聞にも報道されて、地方の人は関心をふかめていた。私は、この記事をもヒントにした。

また、越前地方を巡り歩いている間に、海岸地帯の極貧者の生活に関心をふかめた。竹籠づくりの住む六呂師を訪れた際に、主人公の性格、人となりを構想し得たし、この調査がまた、のちの『越前竹人形』を書く遠い根となった。いわゆる竹神村の設定が、『火の笛』の竹細工師とかさなって、頭にのこったのであった。平野謙氏は、この小説のアクチュアリティを買って下さって、激賞に近いことばで推してくださったのをおぼえているが、やはりアクチュアリティが勝ちすぎても、人間の劇にうすければ作品は上等とはいえない。苦労した作品でもあるのでなつかしさはいっぱいだが、もう一つの人間追究の課題を、この作品は私にのこした。『越前竹人形』を書くにいたって、私はこの取材旅行の苦しかった日々の思いを達したといえる。

一つの仕事をしていて、そこからべつの仕事の糸口がみつかるというのは不思議なことだが、私には、そんなことも多い。たぶん、私は、『火の笛』を書いて、『越前竹人形』にうつり、それと並行して、『飢餓海峡』を思いついたのではないかと思う。もちろん、年代はかさなっていて、順路に多少の歳月があくが、材料はなるべくながく温めたことも偽れない。職人というものは、指物師ではないが、自分で作った戸、障子から、次の仕事を学んでいる。机、椅子をつくるにしても同じだろう。頭で求めるのではなくて、作っているうちに、その作品が、もう一つの作品の糸口を見つけてくれるのである。そういう意味では、私には、同じ文芸を楽しむ輩でも、芸術精神というものはなくて、職人精神というふうなものが、多少はある気がしている。上手な職人でないにしても、一つ一つ作る仕事の途次に、次の仕事を見つけてきた道のりを回顧して、そういうのである。

『海の牙』で、社会派作家への訣別を意識したと書いたが、それは、『霧と影』時代からあった。書き終えたのちの心の空白を埋めるための私の思案にほかならぬが、『雁の寺』を完了して、宇野浩二先生から短い手紙をもらい、「人間を書きましょう」といわれたことばが作用している。また、中山義秀氏が、ちょうど東宝劇場の文士劇を見にこられていて、私の水俣悲劇の講演を楽屋のスピーカーできかれての感想だったと思うのだが、『海の牙』もよんで下さっていて、こういわれた。

「水上君、いくら気張って、社会、社会と改造を叫んでも、結局、作家は人間のことにぶち当るんだよ。そのことが書かれていない仕事は、どんなにアクチュアルでも空しいよ」

その通りのことばではないが、『雁の寺』を激賞して下さった時のことばとかさなって、中山さんのことばは、いまも忘れがたく、私の文学探索の岐路にきての、心やさしい教訓であった気がする。宇野、中山両先生の顔もかさなって、『海の牙』『火の笛』は、いまも私の文学歴の根雪の部分で溶けずにある。私がうんだ子である。一所懸命につくった。職人はやはり、つくったがゆえに愛着もあり、嫌悪もある。だが、いま読んでみて、よくもまあ、あんな大それたことを空想して、必死に物語にしたものだと、われながら驚嘆するのである。

「寺泊」「壺坂幻想」他

『寺泊』は昭和五十二年一月に筑摩書房から、『壺坂幻想』は昭和五十二年四月に河出書房新社から出版された、短篇集である。「私小説」と意識して、書きすすめてきた、二年ほどの作品をまとめた。

「私小説」と書いたが、殆ど私が主人公であるからそうよんだのだが、私はかねてから、客観小説を書いてきていながら、私に告白しなければならない身近なことがいくたも山積していることに、いつも心を重くしていた。まず、障害の次女がいること、その母である妻が二ばん目の妻で、一ばん目は失踪して、のち別れたものの、そのあいだになした子は私が育ててきたこと。したがって、その長女と、障害の子は母ちがいとなる。さらに、私には、故郷に父母がいたが、父は八十四歳で貧困のうちに死に、母も八十二歳で死んでいること。生家は弟が守りしており、兄はいるが、これは別居してべつの村に住んでいること。さらに、私の長女（先妻の子）は結婚して三年目に夫の焼死にあって帰ってきたこと。私自身はそういう家族をもち、そういう故郷を背負いながら、軽井沢の書斎にこもって、ひたすら原稿用紙に向わねば、眷族が飢え死してしまう立場にあること、等々である。

何もこんなことが一度に押しよせてきたわけではない。人は六十年も生きれば、似たようなごたごたを経験し、荷物を背負いもして生きるのは当然にしても、私には、人よりは何やかや、そのごたごたが多すぎるような気がしないでもない。長女の夫が焼死したニュースが出た時、二、三日してからだったたか、横山隆一さんが、「あんたという人は、不幸なことばかりにめぐりあう人だなと思った。一夜じゅうそんなことを考えてたよ」

といった。そうかもしれない。柴田錬三郎さんなどは、私に面と向っていった。

「きみは、どうあがいても、幸福になれることはないさ。そういう星の下に生れた顔だよ」

顔できめられてはたまらない。しかし、ああそうかな、という気持もあるので、黙るしかないのである。

そうであれば、私の身にまつわる人々は気の毒である。いまの妻も、障害の子も、出戻りとなって、一人ぐらしする長女も気の毒である。一生、不幸を背負いつづける父親などとのつきあいはご免蒙りたいだろう。だからこそ私は……と頑張るのである。一家をはなれて山の家にひそみ、ひたすら原稿に向うのである。

そういう日常で、いわゆる客観小説といわれる小説を書いていると、足もとで起きていることが頭にまぶれついて、筆がすすまぬことがある。たとえば、週刊誌や月刊誌に、絵空事にしても他人のことを連載している時（『一休』や『古河力作の生涯』がそうだった）、とつぜん、電話が妻からあって、「子供が学校をかわりました。せめて入学式には山を降りてきて下さい」とか、「急に昨日、熱が出て病院に入れました。手術しなければならないかもしれません」とかいわれると、『一休』も『古河力作の生涯』も吹っとんでしまって、おろおろと、一人住いの家を豚のように歩きまわり、東京へ手をあわせ、

「男は仕事、家庭は第二」

と自分にいいきかせ、鉢まきをしめなおすのである。もちろん、入学式にもゆかず、病院ゆきもすっぽかすのである。そういう日ばかりではないが、たまに車で見舞いにゆく日はあっても、それは、肝心の妻にしてみれば、来てほしい日ではなく、まのぬけた日に顔を見せるのである。冷酷な父をもったと思われても致し方がない。

そういう私自身をゆっくり見つめてみたいと思うようになったのは、いわゆる「純文学雑誌」から注文がきはじめてからだった。しきりと身辺を題材にして書きはじめた。自分のこと、妻のこと、障害の子のこと、長女のこと。

これが出だすと、また、家は一悶着だった。書かでものことを書いているというのだ。何も家庭の恥部をこれほどまで世間へまきちらさなくても、という。文学にかかわりのない人には、文学からしぶきをあびるのは真っ平なのであろう。これもよくわかる。文学が人を不幸にしていいはずはない。自分の不幸だけでたくさんだ。

だが、この私は、性懲りもなく書くのである。『寺泊』は、越後の良寛をしらべにゆく途中の出来事と、私のその現場における心懐である。『壺坂幻想』は、盲目で死んだ祖母への鎮魂をかねて、壺坂詣でを試みた時の、山を歩いていての心懐である。『鑛太郎』『千太郎』『丹波ほおずき』などの短篇は、私の親族の死である。生きていた母も出てくるし、兄も弟も出てきた。故郷の兄弟たちにしても、困ることだろう。何もこんなことを書いてめしのタネにしなくても、という声がきこえてくる。

だが、書かずにおられないのである。私という人間を徹底的に、洗いざらい見つめ直すためには、かくしているところがあっては嘘になる。かくしたいようなことがかりにあっても、そこをよけて通れば、私は生きてこない。私はそこで、故郷も一家も、みな敵にまわす覚悟でペンをとってしまう。敵にまわすといえばつよくきこえるが、じつは、もう一つの気持をもっている。もう一つの気持とは何か。それは、小説をよんでもらわぬとうまくいえない。そのもう一つの思いが巧みに出た場合に、短篇小説の仕上りは合格している。

私は、このごろ、宇野浩二先生の短篇や長篇をよみかえしている。先生は、私には師匠のように気高いが、そのあらゆる文業は、先生の身辺にまとわりついた人々とのかかわりが書かれてある。いい直せば、宇野浩二という人の生きざまが書かれてある。業をそのままひきずって、まとわりつく人々への思いが、先生独特の行間ににじみ出て心を打つのである。『四人ぐらし』『四方山』などは、私には、よくぞここまで書かれたと、寒くなるような感動をおぼえるのである。それは、そういう家の恥みたいなものを、さらけ出された勇気へのことではない。それも多少はあるにしても、作家がそれを書かねば生きてゆけぬ業をひきずっている姿の神々しさにだ。

「私小説」を書かない人もいる。私の身辺など書いたって、という人である。そういう人ももちろんあっていい。私も一時はそういう時期があった。しかし、先に書いたように、自分のことが頭を擡げてきて、ほかのことが手につかぬ時はどうすればいいか。それを組み伏せねば生きてゆけぬ。私は、それを小説に書くことで、一つ一つケリをつけてきたところがある。小説を書いて、とりすましているところもないではないが、そういうことも、ますます家人たちには嫌悪の対象となろう。いつまでたってても、この衝突は解消しない。おそらく、私は家人たちに憎まれて死ぬだろう。それはしかたがない。そういう夫であり父であった不幸というしかない。私にもし、家内や娘たちのいいつけを守って、いさぎよく筆を折る決心がつけば、それで幸福だろうか。いったい、人間の幸福とか不幸とかいうようなものは、かんたんにいい切れるものではない。正直、私はいま、横山隆一さんからいわれたように、身近に起きる事の多さに、たじろいでもいない。心はいつも平穏であるといえば嘘にもなるが、人の思うようにかなしんでも、怒っても、なげいてもいないのである。ああそうか、と起きた現実を抱いているだけのことだ。

したがって、逃げようとする思いもない。しかし、性格上に、逃げの早いところはある。つらい時に向きあうと、眼をつぶるようなところがある。そういう卑怯なところが充分あるのだが、そういうことも、自分を断罪するつもりで、『寺泊』や『壺坂幻想』は書いてきたつもりである。いい子になって、自分を告白するなど、人に失礼ではないか。人ならかくすことを平気でいえてこそ、その告白は、尋常でないことになる。それはそれで、芸術へののぼり口である。あとは、筆巧者となって、いかに己れの美学を打ちたてて、人にはとるにたらぬ身辺雑事とみえることを、普遍の美学に昇格させるかということだ。

脂汗をながさねばならぬのは、そこのところであって、それが、美しい旋律を奏で、人の心を打ち、自分ひとりのことを書いたのに、万人共通のあるものをひき出していることになったら、それはもうけものだ。

私の「私小説」に対する態度は、こんなところだが、しかし、べつにこういう思いもある。中国の南岳懐譲《えじよう》が六祖慧能《えのう》をたずねた時、六祖から「お前はどこからきたか」とたずねられた。「嵩山からきた」とこたえ、さらに「なにものがきたれて、「説似一物即不中」とこたえたことを思い出す。「せつじいちもつそくふちゅう」説似とは俗語で、何かについてものをいう、あげつらうという意味である。六祖がきいたのは、そこへきたお前という人物は何者だとあったわけだが、懐譲は、「そんなこと説明してしまったら真物は逃げてしまう。しゃべればそこには何もなくなる」といったのである。「私小説」もそういうところがある。しゃべって逃げてしまうところのものを、また追いかけている、というのが私の感想である。『寺泊』での体験も、『壺坂幻想』での体験も、ああいうふうにいって、それでケリがつくものか。つきはしない。つかないから、また、私は書いてゆかねばならぬ。六祖和尚や南岳和尚には不合格でもいいのである。だまってしまえば、私はめしが喰えなくなる。つまり死ぬのである。

「決潰」「棺の花」「ちりめん物語」

『決潰』は、昭和三十六年九月の「新潮」に一挙掲載した作品である。六分は本当で、四分が嘘の作品である。私はこの小説の材料となった体験をもっていて、いまもその傷の重さにあきれている。

白状すると、私は昭和二十四年に、浦和にいた時、妻を男にとられてしまった。三歳の娘がいたが、妻はその子も私の手許において出ていったのである。失業中の私は、この年まわり、出版界の未曽有の不況で、どこへいっても就職口がなく、縄の帯をしめてぶらぶらしていたような最低の時代だった。妻はダンスホールに出て家計を稼いでくれていたが、妻のその働きがあったものだから、根性もくさり、妻に甘えてのんきにくらしていたのである。もっとも、小説や童話は書いていたのだが、それも売れなかったのだからしかたがない。一日に何枚かの原稿を書いて、完結したものを出版社に持ちこむ。大半はつっかえされる。しかし、一つ二つは買ってくれるところがある。すると、たまにしか入らぬ貴重なその金を、どういうわけかみな呑んでしまうのである。へべれけに酔って、地面を這うて借間の家へ帰ってくる。こんな日常を見て、妻はがまんの緒が切れたのだった。

　ある日、八百屋へゆくといって出て、ふだん着のまま帰らなかった。あとでわかったことだが、妻は姉や母とひそかに計画をすすめていて、新しい男が出来たことも、妻の身内はみな知っており、私とどうして上手に別れるか、そのことでいろいろと相談もしていたらしいが、私だけは知らなかったのだ。私は働きのある妻に惚れていた。妻にしてみれば、愛情も失せていたし、新しい男に夢中だったのだから、厄介なことだったにちがいない。結局、彼女は、計画をめぐらし、東京に行先を見つけておいて、新しい男にだけその先を教えて、八百屋へゆくといって出て、某所に潜伏したのだった。何も知らぬ私は、事故にでもあってはいないか、とそこらじゅうを探しまわり、警察へもいったりした。おろかな、おろかな男で、こんな男にいい小説が書けようはずもない。生活苦はとたんにやってきて、娘を結局は若狭へあずけることになるのだが、それまでに、妻の母にあずけたり、妻の姉夫婦のところへ同居したり、ふられた男は、いくらかでも逃げた女房と絆をもとうとして、嫌がられている妻の身内へひっついてゆくのである。そのような闇のような時期を、私はずいぶんながいあいだ生きて、どうやら小説が売れるようになって、昭和三十六年、つまり事件があって約十年のちに、その事件をいくらかデフォルメして書いたのだった。

いまこの作品を読みかえしてみて、私ははなはだ不満である。なるほど、一生懸命書いてはいる。読んでいて、自分で身につまされてしまうところもある。が、それ以上に、不満であって、その不満であるところが、いま、考えている小説のありようと、ずいぶんひらきがあるのである。つまり嘘のところの問題である。私はいい子になっている。まだまだ私自身の弱点を書かねば、本当のことを現出できないのに、相手の方にばかり刃をむけているところがある。そのどっちへもむけすぎるところにやわい嘘がある。そこらあたりにこの小説の必死さがぼけているのだ。何も知らぬ読者は、作者はこんな苦労をしたのか、ひどい目にあったなと、同情はするだろう。同情はしても感動はしまい。不思議である。私小説というもののむずかしさがここにあって、何小説にしろ、ごまかしがあれば、文章はそこからくさってくる。私を書くのでは、いっそうの自己切開が必要だろう。自分と似たぐらいの苦労話で、読者というものは感動するはずがない。ぼそぼそと語られる些細なことでも、大きな普遍性をもっているふかいものであれば、人は読んで得をしたと思うものだが、それに価する作者の血はどこにもながれていない。いじめていっているわけではない。この小説は、私の鬼子のようなもので、実体験がこのように安易につかわれてしまったことへのふかい悔いが、いま私を逆撫でる。

ではなぜ、この作品を捨てきれないのか。理由は一つある。私がこのような失敗作を書いて、小説というもののむずかしさに立ち会ってきたということをかくしたくなかったからだ。『凍てる庭』のところにも、これと似たことを書いたが、この妻を男にとられた時期の話も、もう一ど私は自分の納得のゆく方法で、芸術化しないと死にきれない気がしている。だが、まだ、その漬物石はかるくて、材料が発酵していないうらみがあるので、手がつけられない。これがいまの実情である。

『棺の花』は、直木賞受賞第一作として、昭和三十六年十月、十二月の「オール讀物」に掲載した。私は、まだこのころは推理作家というレッテルを貼られていて、雑誌からの注文も殺人を書いてくれと頼まれた。無理もない。受賞作の『雁の寺』も同じ要望に応じて書いたものだった。だが、私は『雁の寺』では、同じ殺人事件を書くにしても、人間のことを書かねばならないと思い、それまでに書いてきたどの殺人小説よりも人間描写、つまり心理に重点をおいて書きすすめたのだが、受賞第一作をたのまれれば、次の作品もこの方針を持続したいものだと考えた。それで、人からきいた何でもない話を材料に、私がかつて働いていた印刷製版工場の記憶を下敷きにして、まったくの絵空事であるけれども、人間を描くことに懸命になった。推理小説ではあるけれども、いくらか、それが人間小説になっているところが救いとなっている。たしか「週刊朝日」だったかで、扇谷正造さんが、この作を激賞してくださったが、それに勢いを得て、殺人よりも、ますます人間に中心をむけてゆく傾向に自信を得た。作品中に短歌が出てくる。この歌は私の作ではあるけれど、その出来ばえを、当時、角川書店にいた中井英夫さんに見ていただいて、添削をうけたことも記憶にある。中井さんは当時、雑誌「短歌」の編集長だった。

『ちりめん物語』は、昭和四十年十二月から翌年九月まで「別冊文藝春秋」に連載したものである。私は、丹後ちりめんの歴史に興味をもっていて、いまも奥丹地方でちりめん機に精を出す農家が、細井和喜蔵の描く『女工哀史』どおりの、苦しい底辺生活者である実情も、現地を歩いて見聞している。この物語は、そういう一日、加悦《かや》や宮津を歩いていて、ふと思いついた、私の時代小説であった。まだ、この当時、時代小説に手を出すことは薄氷を踏む思いだったが、冒険してみたのである。資料のすべては、丹後の郷土史によっている。が、主人公や事件はすべて例によって絵空事である。ただし、この小説を書く前に、書下しの戯曲にしたことがあった。昭和三十九年七月に歌舞伎座へ出演した中村賀津雄（嘉葎雄）君から依頼されて、時代短篇を書いてくれといわれ、あれこれ材料を考えているうちに、丹後ちりめんの飛脚の苦労を劇化したくなった。それで、一時間くらいの芝居だが、「縮緬飛脚」と題して、中村賀津雄君が主演をつとめ、わきに森光子さん、坂東三津五郎さんらが出演して、豪華メンバーとなった。　観世栄夫さんの演出だったが、これは好評で、再演話も起きたくらいである。

そういう芝居での好評が、小説化する意欲をあたえたのだった。芝居では、男主人公はまだ死なない。恋した女《ひと》の死を知って、雪の中で、緋ぢりめんを落して泣くところで結末となったが、こののちの主人公の生きこしを描きたかった。すなわち、丹後ちりめん騒動を借りて、主人公が事件にまきこまれてゆく、江戸時代奥丹史を計画したのである。さてたくらみは大きくても、仕上りがそれを決めるのだから、例によって、私には採点はむずかしい。時代小説のむずかしさは骨身にしみたが、この経験が、のちの『緋の雪』『釈迦浜心中』への道になり、さらに『佐渡の埋れ火』や『城』『蓑笠の人』へと向う導火線となった。

創作というものはおもしろいもので、自信もなく手さぐりで、こつこつやっていると、コチリと自分にだけわかる手ごたえというものがある。それは意図しないところからきこえてくる。発表してみると、そこのところが評判がいい。すると、それを得手にしたいという「手」をまた使おうとするのだが、その手も三ど使えばあきられる。そこでまた手さぐりがはじまる。といった具合に、一つの冒険が、次の仕事をうみ、また次の仕事をうみ、というこの不思議な作用は、実作したものでないとわからない。『ちりめん物語』と『蓑笠の人』はまったくちがうではないか、書かれている世界も、主題もちがいすぎる、と人はいうかもしれない。しかし、それはちがうのであって、作者には、ひとすじつながっている箇所がよくわかっている。そういえば、ある手法は『一休』にも使われていることを白状しなければならない。すべて私が自分で見つけて、ひそかにほくそ笑んでいる技術といえるが、そんなことをここで公開したとてしかたがない。

私はこの三作のことを考えながら、やはり自分は小説職人として生きたいな、と思うようになった。というと、いままでは職人修業ではなかったのかといわれそうだが、それでは、ますますその思いをふかくしたといいたい気がする。

私の小説というものは、あくまで小説であって大説ではないことに、今日、あらためて気づいている。人は今日を政治的季節という。作家も文化人であり、教育者であり、政治家でありして、いろいろとそっちの論文を書く人が多くなった。私にも注文がくることがある。そんな時、私は、求めに応じることもあるが、自分は小説を修業する職人だと身を戒める。教育者でもない、文化人でもない、政治家でもないのである。ましてや、この世を変えたり、万民の平穏を実現したりする力もない。むしろ、教育的にはダメな男であり、政治的には非力であり、文化的には無能なのである。書く小説も、まことに「世をまどわす類」のものである認識をつよめている。それでいいというのではない。それしか能のないことを思い知るのである。

戯曲「雁の寺」他

私はいくつか戯曲を書いている。いずれも自分が小説に書いた題材を、戯曲化したものである。『冬の柩』をのぞいて、題名も小説の題と同じなのもそのゆえである。作家によっては、小説で発表した題材を戯曲化する場合、べつの題にしておられる人もみうけるが、私は、それをしなかった。

私は芝居好きな男だと思っている。二十歳のころ、若狭の生家のある部落で「村芝居」をおこし、近在を旅したこともあったし、二十五歳のころ、青郷国民学校高野分教場で助教をしていたが、卒業生や青年団をあつめて劇団をつくり、戦没者遺家族慰問公演と銘打って、小学校の講堂で公演して歩いた。

村芝居では菊池寛『父帰る』、作者不詳『吉村寅太郎外伝』、青郷劇団では私の書下し戯曲『一機還らず』だった。いまにして思えば、この『一機還らず』が処女戯曲ということになる。

村芝居では女形をやったが、いまも、吉村寅太郎の妹役を演った写真がのこっていてなつかしい。

二十年後に小説が売れだして、文学座から戯曲の注文をうけた時、正直のところ嬉しくてしかたなかった。『山襞』（昭和四十一年三月初演）という三時間の長篇戯曲を書いた。杉村春子さんをはじめ、北村和夫さんや荒木道子さんの前で、いい気になって、「本読み」をやり、役者になったような思いで、これも長時間、とうとうとしゃべったりした。つまり、私がいかに芝居好きかを演じてみせたわけだが、いまもこの時の作者の気負いぶりは語り草になっていてはずかしい。演出してくれた木村光一さんなどは、ひとつ話にしている。

つづいて、文学座に『海鳴』（昭和四十二年八月初演）を書き下し、三作目が『飢餓海峡』（昭和四十七年十二月初演）だった。もちろん、文学座からの注文が同名小説の戯曲化にあったわけだが、他の脚色家に手わたすよりは、自分で書きたかった。三作目で、どうやら、私の戯曲がみとめられたようにも思えた。「ひょっとしたらこれは再演になるかもしれませんよ」と木村さんがいってくれたのは、初演の初日があいた日のロビーであった。私はうれしかった。

もっとも私の小説を脚本にした人はいる。『越前竹人形』が菊田一夫氏によって、芸術座でロングランになった。私も観にいって、感激もした。『五番町夕霧楼』は依田義賢氏によって脚色されて、新派で上演された。『雁の寺』は村山知義氏の脚色でやはり新派で上演された。

正直いって、作者はこの三作に不満だった。というのは、小説どおりではどこか味けない。芝居にするなら、大胆に料理してほしいところがあった。つまり、小説には書いていないことが、作者の頭にいっぱいあったので、そういうことをちりばめてほしかった。『五番町夕霧楼』では鳳閣内部の事情、『雁の寺』では慈海の私生活のこまごましたことなど、つまり、仏教生活者の内側の事情を芝居にしてほしかった。脚色家は、仏門出身でないから、小説にあらわれたところしか生かして下さっていない。不満というのは、そこのところだった。

それで、文学座からまた注文がきた時に、よろこんで『五番町夕霧楼』(昭和五十年二月初演)をひきうけたのだった。松竹芸能の勝忠男さんから『雁の寺』(昭和四十六年五月初演)をといわれた時もよろこんでひきうけた。いずれも、以前に脚色して下さった先輩に、すまない気もしたけれど、私流に戯曲化してみたい衝動を消すわけにゆかなかった。なかでも、『雁の寺』には、私は少なからず満足した。慈海と里子の庫裡生活の日常を、私流に大胆に描き得たからだった。もちろん、『五番町夕霧楼』でも鳳閣内部の事情を書き足した部分では勝手に悦に入った。両作品とも駄作ではなかったと思っている。商業演劇では、ともすると、おもしろい部分をのばしやすい。

そこのところを端折って、代りにこっちのいいたいことを強引につめこんでみるのである。その方が、芝居にする意味が新しく出てくる、と信じてきた。

『はなれ瞽女おりん』（昭和四十九年八月初演）の場合は、少し事情がちがった。「小説新潮」に発表した小説は完結していなかった。連作形式で他誌にも書いていた。それを読まれたかどうかしらぬが、瞽女のことを手織座の宝生あやこさんが是非戯曲化してくれ、といってこられた。困った。小説で結末も出来ていない。それを戯曲でケリをつけねばならないのだった。ひきうけたものの、湯河原の宿で苦吟した。ようやく書き終えてわたしたら、結構だということで、公演にこぎつけて下さった。私は芝居も観て満足したが、小説の方は、戯曲のあとについて完結することになった。単行本が上演より一年後になったのはその理由である。

『冬の柩』（昭和五十二年七月初演）は、名古屋の新劇団合同公演用に書き下した。例によって小説『古河力作の生涯』の戯曲化だが、小説はセミドキュメントといっていい書き方になっているのを、戯曲の方はどちらかというと、物語性のおもしろさが出たかと思う。つまり、事実中心に小説は書かれているから、たとえば、力作の父や母に対する問題が説明的になっていたのを、戯曲では台詞を創案しなくてはならないので、そういう箇所では、現実性が出たという意味である。私はこの『冬の柩』にも満足感をもっている。

いまから考えてみると、文学座での処女戯曲から『冬の柩』にいたるまで、十数年間の私の芝居活動で、木村光一という演出家を得ていることはかけがえのない力を得たようなものだった。『山襞』の演出からかぞえると、木村さんは、十一本の演出であるから、ひとりの作家が、これほど一人の演出家に作品をゆだねた例も少ないのではないかと思う。しかたがない。そのようなめぐりあわせになってしまった。

いくら芝居が好きでも、脚本が上手に書けるとはかぎらない。十数年間、いろいろと書いてきて、私はようやく、このごろいくらか芝居がわかりかけてきた思いであるが、これには木村さんの演出方法から、戯曲を書く方法を教わった点がかくせない。どういうことかというと、それは、木村さんの転換のうまさということだが、それをいいかえれば、リズムといえるだろう。そのリズムがわかってくると、戯曲も、ごたごたせず、スマートになってくる。『山襞』をよみかえして感ずるのは、そういうスマートさのない点だろう。そういう序の口のところを、素人だった私が学んで今日にいたり、まがりなりにも、二、三の再演作品をつくり得たのではないかと思う。木村さんに感謝しなければならない。

小説にも技術がないかといわれればある気がする。しかし、小説の技術は、戯曲とちがって、思いのたけは行間にかくしていいところがある。むしろそれの方に骨身をけずるのだ。ところが、戯曲では、作者が思いのたけをもっておれば、それを役者にしゃべらせて客につたえねばならぬ。ここは略したからふかく考えてくれでは、客も困るのである。そこで、戯曲は、小説ふうにとれば冗漫になる。技術は、その冗漫をいかにけずりとり、いかに面白くしゃべるかにあるのである。そこらあたりの極意みたいなものが、ようやくわかりかけてきたというのである。

演出家に負うた力はずいぶん多いにしても、役者から教わるというところもないではない。ふたつの例をあげると、『雁の寺』と『越前竹人形』（昭和四十八年一月初演）の慈念と喜助を演じた中村嘉葎雄さんと、『飢餓海峡』の八重を演じた太地喜和子さんのことだ。嘉葎雄さんの演技は、作者の想像からぬけて、異常な主人公を創造していた。台詞もまた、その主人公によって工夫されて、私のもっていたリズムより高いものになった。太地さんの八重は、その性格づくりの妙によって、台詞が、太地さん独得のリズムに転化して芝居がもりあがった。もちろん、こんなことは演出家の腹案にあったことだろうが、作者の私にはなかったことである。そういう未知なものが期待できるのも、戯曲のもつ楽しみの一つだが、いずれにしても、私の戯曲が、そういう役者を生んだかと思えば、このめぐりあわせは、小説を書いていてはないことなので、嬉しいのだった。

あとがき

校正をよみかえして、小説を書く仕事も、竹籠を編むような手仕事だと思った。身近に、いま、竹細工ひと筋に生きる人がいて、その細工品を眺める日が多いので、なおさら、そんな思いがしたのである。こういう形のものをひとつと心がけても、なかなか、手のうごきがうまくゆかない。編み柄にムラが出来る。きめこまかく見ればの話だが、仕事がこまかくなればなるほど、気魄はいるのだった。屑籠を見てもそう思う。約四十年を小説、小説といってくらし、屑籠にもならぬムラの出た竹籠をいっぱいつくってきたような思いもなくはない。だが、ひとつひとつ読みかえして、書いた頃と、今日の自分がかわっていることもわかったが、逆に、ずいぶんがんばっているなァといった思いのする作品もあった。いずれにしても、私のひとつ口から吐いた糸で編んだものである。作品から成敗うけるのは私であって、今度の手入れで大きな勉強にもなった。「わが作法」としたけれども、じつは「わが修行」というのが本音で、いい小説をつくるのに、自分の作法が見つかればしめたものだ。じつは、その作法がわからずに無手勝で書いてきたのである。

だが、自作を省みながら、道をさぐる報告も、若い読者には、いくらか参考になるのかもしれない。

解説

掛野剛史

本書は、一九八二年十月に中央公論社の「C＊BOOKS」シリーズの一冊として刊行された『わが文学 わが作法　文学修行三十年』をはじめて文庫化したものである。この『わが文学 わが作法』という本は、一九七六年六月から一九七八年十一月まで中央公論社から刊行された『水上勉全集』全二十六巻の各巻に付けられた、自身による「あとがき」をまとめ、そのあとがきに、さらに、まえがきとあとがきを加えて一書にしたものである。

いってみれば、全集収録作品についての作者解説であり、その解説本を「解説」するというのも無粋な所業かもしれない。だが本書は単なる作品の「解説」を超えて、作家水上勉が生きてきた軌跡、そして彼が生きた時代を照らし出す実に面白い読み物になっている。水上勉という作家と作品の名前は聞いたことがあるが、水上作品になじみがない人にとっては、適切な水先案内書としての役割を果たすし、水上作品に親しんできた人にとっては、作品にまつわる裏話を知ることで、その魅力を改めて理解することができる興味深い一書である。ここでそうしたセールスポイントについて筆を費やすのも無駄なことではないだろう。

さて本書は全集第一巻収録作品の「雁の寺」四部作について語り始められる。全集の顔ともいえる記念すべき第一回配本の第一巻には、「雁の寺」四部作が収められたのである。『別冊文藝春秋』一九六一年三月号に掲載された「雁の寺」は、その年の上半期の直木賞を受賞して水上の出世作となった代表作である。

水上は口減らしのため幼くして生まれ故郷の若狭を離れ、京都の臨済宗相国寺の塔頭瑞春院の徒弟となり、十二歳の時に得度している。つらく苦しかったその生活体験をもとに、寺の小僧慈念が住職を殺す推理小説仕立てにしたのがこの「雁の寺」であり、富士見町の旅館聖富荘（本書執筆当時はあったが、現在は角川本社ビル）と、今もその地に残る山の上ホテルにカンヅメにされ（この言葉も今は死後かもしれない）、出張校正に赴いたという十五年前の「雁の寺」の執筆当時を懐かしむ。

ただ、水上にとっては、この「雁の寺」に続けて発表した「雁の村」「雁の森」「雁の死」と、それを半年かけて改訂した改訂版四部作こそが自分にとって重要なのだという。

「雁の寺」の続編となる「雁の村」「雁の森」「雁の死」は、「雁の寺」で住職を殺した主人公慈念が、殺人の秘密を抱えたまま若狭の生家に戻る形で続く。自らの出生に疑問を抱き再び京都の寺に入った慈念は、大工をしていた父を訪ね出生の秘密を問い質すが、それを聞いた途端、屋根から落ちて死ぬという形で完結する。本書で水上自身が述べるように、発表時は「雁の寺」の蛇足の感があるとして評価が低かった。だがそれでもなお水上は「雁の寺」とこの三作をあわせて『雁の寺』四部作とすることにこだわったのである。

当時もそして現在もなお、「雁の寺」のみのインパクトが強く、「雁の寺」といえばこの第一部のみで語られることが多いが、水上にとってこの四部作は「私にとって大切なものであり、生涯に一どの作」であり、今の自分にも連なる大事な作品であるという。ただ唯一、実在の人物をモデルとしたことで、モデルとなった人物に迷惑をかけたことに心を痛めているとするが、その一方で次のように述べる。

この小説を書いて、私は後悔しているか、といえばそうでもない。これを完了させたことで、私は満足してもいる。これは作家の業といってしまえばそれまでだが、その業とは、私の今日にもつながる、生きの証しだ。

小説を書くということは人を傷つけることもあり、自分も傷つけることがある。書くという行為の、きれいごとでは済まない本質を見つめた作家の眼がここにはある。そしてそれでもなお書かなくてはいけない衝動を抱えた作家がここにいる。

そしてここで出てきた「業」という言葉は第十巻収録の自伝的小説「凍てる庭」に触れた時にも出てくる。そこでは多作を強いられた流行作家時代の作品について「悔いは死ぬまでつきぬながら、帳消しにしておいて死にたい」という思いもあるとして、自らの死に触れる。そういえば先ほどの第一巻でも「どこで死ぬやらわからぬ私の死は、やがて迫っている」と何やら死の影を感じとった趣であった。六年前の一九七〇年九月に父を亡くした水上は当時五十七歳。自らの生を深く思う時期に来ていたのかもしれない。

さて、第一巻から始まった全集の配本は三巻、四巻と続いていくのだが、そもそもこの全集自体、全集ブームともいえる当時の出版状況を背景に、確実に売れる全集として企画されたものだろう。とはいえ、生前に刊行され、刊行開始時五十七歳というのは、明らかに年若い作家の全集だった。

全集の内容見本に掲載された水上による「刊行にあたって」にも、中央公論社の全集刊行の求めに、「生きているうちに全集を出すなど、おかしなことのようにも思う」

と戸惑いを覚えながらも、「読者に私のなした仕事だといえるものを撰んでおくことも、これからの仕事の出発」になると述べ、「私の仕事の全部はこれだ、と私がきめた作品の集合」とすることで刊行を承諾したと記している。というわけで、作者によって選別された「自選」全集として刊行されることとなった。

結果として、水上の「私の仕事の全部」のスタート地点は「雁の寺」に定められ、『雁の寺』から『一休』までの多彩な作品を集大成！」というキャッチコピーがあらわす形で全集は刊行された。つまり、よく知られるように、水上は一九四八年に刊行した『フライパンの歌』が文壇デビュー作といっていいのだが、その時代の作品から、『別冊文藝春秋』一九六一年三月号に発表した「雁の寺」に至るまでの作品はこの全集から排除されたのである（唯一、一巻の「案山子」のみ「雁の寺」の二か月前に発表された作品）。

しかし面白いことに、当初は全二十二巻の刊行予定だったこの全集は、最終的には全二十六巻へと増巻されて完結することになった。水上はこの経緯を全集のあとがき、すなわち本書に何も書き残してはいないが、読者に好評をもって迎えられた証であることは容易に想像できる。実際に第十五回配本の全集第八巻の月報に「多くの読者の方々のご要望にそい、著者とご相談の結果、四巻増巻することにいたしました」と告知されている。

その結果、当初の予定になかった小説作品が収められることとなった。それぞれ二十二、二十三、二十五巻に収められた「霧と影」（一九五九）「死の流域」（一九六二）、「海の牙」（一九五九）「火の笛」（一九六〇）、「決潰」（一九六二）「棺の花」（一九六二）「ちりめん物語」（一九六五）などで、「ちりめん物語」を除けば、初期の社会派推理小説の時代の作品である。水上が前史として排除したはずの作品群がここで再び舞い戻ってきたのである。

この作品群を前にした水上は「この種の仕事に何らの価値も見出せないか、というと、そうでもない」と複雑な心境をのぞかせるが、「私がうんだ子である。一所懸命につくった。職人はやはり、つくったがゆえに愛着もあり、嫌悪もある」と振り捨てたはずの過去に向き直る。

ただ、全集に新しく追加された作品は過去のものだけではなかった。『展望』一九七六年五月号に発表され、全集刊行中の一九七七年に川端康成文学賞を受賞した「寺泊」がそれである。全集刊行開始時には『一休』（一九七五年）に定められていた終点が延びたのである。

「純文学雑誌」から注文がきはじめて」書くようになった「寺泊」や「壺坂幻想」と

いった一連の作品は新たに第二十四巻に収録されたが、これらは中後期代表作といっていい名作で、以降の水上の進路を指し示す作品である。師である宇野浩二の作品を読み返しながら「書かねば生きてゆけぬ業をひきずっている姿の神々しさ」に「寒くなるような感動」をおぼえたと書く水上は、自らも「書かずにおられない」という衝動を抱えながら、純文学や大衆文学といったジャンル区分が無意味になるほどの新しい独自の作品世界をさらに切り開いていくことになる。

亡くなる二年前に『虚竹の笛』で第二回親鸞賞を受賞した水上は、その授賞式で「私は借り物の言葉は使ってません」と一言述べたという（『水上勉の時代』田畑書店）。己が拠って立つ地点を凝視し自らの言葉を紡ぎだした水上にとって、過去と現在と未来が詰まったこの全集は、以降の文学的出発を高らかに告げるものであり、本書は、全集刊行に際して「私のひとつ口から吐いた糸で編んだ」（あとがき）作品を読み返した一人の作家の来し方行く末を描き出した貴重な一書となっているのである。

（かけの・たけし　埼玉学園大学教授）

編集付記

一、本書は一九八二年一〇月に中央公論社から刊行されたC＊BOOKS『わが文学 わが作法』を文庫化した。

一、今日の人権意識または社会通念に照らして、差別的な用語・表現があるが、時代背景と著作者が故人であることに鑑み、そのままとした。

中公文庫

わが文学《ぶんがく》 わが作法《さほう》
――文学修行三十年《ぶんがくしゅぎょうさんじゅうねん》

2021年2月25日　初版発行

著　者　水《みず》　上《かみ》　勉《つとむ》

発行者　松田陽三

発行所　中央公論新社
〒100-8152　東京都千代田区大手町1-7-1
電話　販売 03-5299-1730　編集 03-5299-1890
URL http://www.chuko.co.jp/

DTP　嵐下英治
印　刷　三晃印刷
製　本　小泉製本

Published by CHUOKORON-SHINSHA, INC.
Printed in Japan　ISBN978-4-12-207035-6 C1195

中公文庫既刊より

各書目の下段の数字はISBNコードです。978 - 4 - 12が省略してあります。

み-10-20
沢　庵　水上　勉
江戸初期臨済宗の傑僧、沢庵。『東海和尚紀年録』などの資料を克明にたどりつつ、権力と仏法のはざまで生きた七十三年を描く。〈解説〉祖田浩一
202793-0

み-10-21
一　休　水上　勉
権力に抗し、教団を捨て、地獄の地平で痛憤の詩をうたい、盲目の森女との愛に惑溺した伝説の人一休の生涯を追跡する。谷崎賞受賞。〈解説〉中野孝次
202853-1

み-10-22
良　寛　水上　勉
寺僧の堕落を痛罵し破庵に独り乞食の生涯を果てた大愚良寛。真の宗教家の実像をすさまじい気魄で描き尽くした、水上文学の真髄。〈解説〉篠田一士
202890-6

み-10-23
禅とは何か　それは達磨から始まった　水上　勉
栄西、道元、大燈、関山、一休、正三、沢庵、桃水、白隠、盤珪、良寛の生涯と思想。達磨に始まり日本で独自に発展した歴史を総覧できる名著を初文庫化。
206675-5

み-10-24
文壇放浪　水上　勉
編集者として出版社を渡り歩き直木賞作家に。波乱に富んだ六十年を振り返り、様々な作家を回想、戦中・戦後の出版界が生き生きと描かれる。〈解説〉大木志門
206816-2

み-10-25
「般若心経」を読む　水上　勉
幼少時代の誦読と棚経を回顧、一休和尚や正眼国師（盤珪禅師）の訳や解釈を学び直し、原点から人間の性を見つめ直す水上版「色即是空」。〈解説〉高橋孝次
206886-5

こ-14-3
人生について　小林　秀雄
名講演「私の人生観」「信ずることと知ること」を中心に、ベルグソン論「感想」（第一回）ほか、著者の思索の軌跡を伝える随想集。〈解説〉水上　勉
206766-0